武汉大学出版社

李洱 著

朋友的葬礼

当你背井离乡，当你突然被抛入一个新的环境，当你在新旧知识面前无所适从——你会发现我们每个人其实都是『知青』

图书在版编目(CIP)数据

朋友的葬礼/李洱著. —武汉:武汉大学出版社,2013.8
中国知青文库生命之歌
ISBN 978-7-307-11310-7

Ⅰ.朋… Ⅱ.李… Ⅲ.长篇小说—中国—当代 Ⅳ.I247.5

中国版本图书馆 CIP 数据核字(2013)第 145227 号

责任编辑:张福臣 责任校对:黄添生 版式设计:马 佳

出版发行:**武汉大学出版社** (430072 武昌 珞珈山)
　　　　　(电子邮件:cbs22@whu.edu.cn 网址:www.wdp.com.cn)
印刷:武汉中科兴业印务有限公司
开本:880×1230 1/32 印张:5.75 字数:128 千字
版次:2013 年 8 月第 1 版 2013 年 8 月第 1 次印刷
ISBN 978-7-307-11310-7 定价:25.00 元

《朋友的葬礼》序

李 洱

　　我没有当过"知青"，但关于"知青"，我却有许多鲜活的回忆。

　　我小的时候，很多村子都住有"知青"，我常听大人们讲述"知青"的故事。但奇怪的是，我出生的那个村子却没有"知青"。我曾问过大人，这儿怎么就没有"知青"呢？大人有些答非所问：没有好啊，那些害群之马，躲还躲不及呢。人们对"知青"印象之恶劣，由此可见一斑。

　　我常常住在舅舅家，那个村子是有"知青"的。我曾多次听舅舅和表哥讲过，那些"知青"是如何偷鸡摸狗的。表哥的语气很值得玩味，用现在的话说，就是"羡慕嫉妒恨"。表哥曾指给我看，哪个是"知青"。其实不用他指，我都看出来了。"知青"们的穿戴与农民不同，洋气；"知青"们的农活干得很差，动作和效果都不够美；"知青"们说话，很侉。"侉"在这里是"蛮"的意思。有趣的是，有些"知青"本来就是当地人，只是户口在城里，但说起话来也故意"侉"。这或许是为了显示，他与当地人的不同。

当时关于"知青"有许多笑话。比较有名的笑话，与麦苗和韭菜有关。你指着麦苗问，那是什么？"知青"说是韭菜。于是，引来一片笑声。只有不解风情的"知青"，才会说那是麦苗。传得比较多的笑话，除了关于农事的，就是关于房事的。有"知青"曾下过很大功夫，研究骡子为什么没有后代，还有人研究鸭鹅同笼之后下的蛋到底是鸭蛋还是鹅蛋。这些研究相当高深了。我认为，这些故事比"缝纫机与雨伞在解剖台上偶然相遇"的故事更有意思。

有一天，我家里终于住进了"知青"，使我得以近距离观察他们。他们就住在我们家的厨房里，自己做吃的。他们是来打靶的。那时候的"知青"，很多人参加了民兵，要参加射击训练。家人吩咐不要接近他们，担心跟他们学坏嘛。其中的一些故事和细节，我写进了《朋友的葬礼》，这里不再赘述。

现在想起来，那时候，他们其实也还是孩子啊。

我后来与许多当过"知青"的人成了朋友。回忆往事，我们的意趣却大相径庭。他们对"知青"生活的讲述，我们在后来的"知青"小说中已经看到很多了。我理解这一点。屁股决定了脑袋，也就决定了嘴巴。不过，写下我所知道的"知青"故事，也是有必要的。这本小说集中的《朋友之妻》和《葬礼》，部分地记述了我后来与"知青"那代人的交往。但我要强调一点，这都是小说，是事实与虚构的结合，不是生活实录。

其实我很想再写几篇"知青"故事。"知青"虽然已经成了一个历史名词、专用名词，但是，很多时候，你会发现我们每个人其实都是"知青"：当你背井离乡，当你突然被抛入一个新的环境，当你在新旧知识面前无所适从。这个时候，"知青"仿佛就成了一个暗喻。而我们，其实就是生活在暗喻之中啊。

感谢阅读这本书的每一个朋友。

2013 年 2 月 25 日

目　录

鬼子进村 1

朋友之妻 53

葬　礼 88

现代视角下的知青书写——解析李洱小说《鬼子进村》 146

参考文献 174

鬼 子 进 村

仪　　式

　　我们正在上语文课，用"恍然大悟"一词造句，"咣"的一声，门被踹开了。又是付连战，他是枋口小学的校长。这家伙跟犯了什么病似的，门都懒得敲一下，说进来就进来了。当然，在我们抓耳挠腮造不成句子的时候，他的这种举动，并不让我们反感。虽然我们都知道语文老师乔凡新现在很恼火，校长一走，他就会把邪火发泄到我们头上，但那毕竟过一会儿才会发生，眼下，还是先来对付这个付连战吧。

　　上午，姓付的已经玩过这一手了。那时候我们上的也是语文课，乔老师刚把我们默写的课文收起来，他就踹开门进来了。他用手指头敲着门口的一张课桌，说：

"谁说知青是驴，给我站起来。"

这话好多人都说过，所以没有人站起来。付校长看形势不妙，就换了个方式发问。为了加重语气，他不慎把粗话都说出来了：

"是谁最先说的？驴日的，给我站出来。"

这一下当然更没有人站起来了。因为大家没有站出来的资格。这话最早是村支书说的，村支书在大会上说过之后，才以语录的形式传遍全村。最近几天，姓付的一直在公社开会，他还没有来得及听到村支书的语录，村支书的那段有关知青和驴的话很长，其要点，大致如下：

知青们来咱们村干什么？是来接受再教育的。伟大领袖和导师毛主席说了，农村是个广阔的天地，在这里是可以大有作为的。什么叫接受再教育？就是说，他们是驴，已经调教过了，可是没有调教好，需要我们再来调教调教。

村支书的话，涉及知青和驴的，就是这么一段。现在，我们都已经知道，村支书是在打比方。村支书虽然不可能知道什么叫比喻，但他却会使用比喻。其实，当我们鹦鹉学舌地说："知青是驴"的时候，我们也是在使用比喻。没有学过有关比喻的知识，就已经会比喻了，付校长应该高兴才对，完全没有必要踹门、瞎喊、说粗话。

但话既然说出来了，他就打算继续说下去。他走到讲台上，又说了一遍：

"知青是驴？是谁先说的？驴日的，有胆就站起来。不站起来？那好，等我查出你，你就搬着板凳回家。"

搬着板凳回家是我们最乐意干的事，谁都想搬着板凳回家。当然，这并不等于说，谁都愿意站起来当场亮相。

不知道是谁先扭头看乔红军。肯定是坐在第一排的人先扭头，别的人才像鸭子一样一起转头去看乔红军的。乔红军是村支书的小儿子，他爹不在场，大家只好看他。

乔红军一下子哭了起来。鼻孔下面鼓起两个气泡，随着他的哭声，那两个气泡忽大忽小。乔红军的鼻涕是我们全班同学的共同记忆，去年，我回枋口村探亲的时候，我在村口还见到了他。他的鼻子下面现在清理得很干净，我跟他说了十分钟左右的话，他掏出餐巾纸替儿子擦了好几次鼻涕。时过境迁，现在该轮到子承父业，儿子的鼻涕鼓气泡了，看来，流鼻涕也是会遗传的。

乔红军当时鼻涕一把泪一把地那么一哭，付连战就傻眼了。付校长付连战一定认为是乔红军先说的。他在讲台上愣了几分钟（这期间，他的手没有闲住，至少掰断了十根粉笔，有的粉笔还掰成了四截），然后说：

"肯定是你们当中有人教乔红军说的，乔红军自己不会这么说的。是谁教他的，以后我会查清的。"

"你可以接着上课了。"他对站在讲台一侧正往烟锅里装烟的乔老师说。

乔老师没有讲课，而是让我们互相检查刚才默写的课文。谁查出对方的错误，就可以朝对方的脑袋上敲一下。无人能够幸免，谁挨的都不止一下，这使大家立即互相怨恨起来。

现在，付校长又踹门进来，他要干什么？有人下意识地摸摸头顶，也有人扭头去看乔红军。

付连战这次没有发火，或者说，他没有把火气发出来而是藏在肚里。他说，听说有人称知青是鬼子，谁再这么胡说，就把谁的嘴贴上胶布。他说什么叫鬼子你们懂不懂？日本人和美国人才叫鬼子，知青不叫鬼子，知青叫什么？知青的全称是知识青年，他们是来枋口村建桥的，在济水河上架上一道桥。

其实把知青说成是鬼子，并不是枋口村人的说法。我们后来才知道，那是付连战的村子里的人的说法。付连战的家在官庄村，离枋口村有二十里地。那个地方的小孩看到许多知青都留着小胡子，就把他们和电影中的日本人联系了起来。其实大家都见过胡子，大家没见过的是修剪得整整齐齐，只在嘴唇上面长不在下面长的胡子。付连战这次是先下手为强，或者说，先给大家注射预防针。认真说起来，枋口村人把知青称作鬼子，是从付连战开始的。这是乔老师后来告诉我们的。关于付连战，乔老师说过一些很精辟的话，至今我们仍然印象很深：付连战的前两任老婆先后死了，乔老师说，那是因为老付的那玩意儿不顶用，让大家早死了；付连战的头顶是光的，乔老师说那叫鬼剃头，是那两个早死的女鬼给他剃的，女鬼被他气成神经病了，本来是要揪他的那玩意儿的，临下手的时候弄错了，等等。乔老师说，他太懂老付了，老付肚子里有条蛔虫，他都知道。

现在想起来，校长付连战那天最重要的工作，就是布置接待任务。他说知青们明天就到，大家要和村民一起到路口迎接。他要求同学们明天早上起来，一定要洗脸。老付还说，洗脸的时候，顺便把脖子洗一下，有的人的脖子已经变成黑车轴了，这是不好的。老付说的没错，在夏天，我们每天都要跳到河里洗澡，但我们从不洗脸。不但不洗脸，我们还要把脸上涂满河泥，像泥鳅一样在河岸上走来走去。当然，女生除外。

老付交待过任务，又对乔老师说，你去写标语吧，今天的课不上了。乔老师说，这堂课上完他就去写标语。老付愣了一下，说："我说了，不上课，写标语去。"

老付的命令是对的，这课不能再上了。我们都不想再上了，上下去只能是我们吃亏，乔老师肯定又会拿我们撒气。所以，尽管我们都讨厌老付，但老付话一出口，我们就欢叫起来。

当时发生了一件小事，我们不妨顺便提一下。付连战话音一落，就有一个人从教室的后门跑了出去。那个人就是写这篇小说的李洱。我在大家的欢叫声中，跑出教室，直奔乒乓球台。乒乓球台用砖头支在几棵榆树之间，课余时间，那里是兵家必争之地。我奔向球台的时候，回头看了一下，发现并没有人追上来，就想：这球台今天非我莫属了，我想和谁对打，就和谁对打。我站在球台边，用树枝扫着上面的树叶和鸟粪，同时想着，先满足谁的要求，让谁来打，是福贵呢还是万龙？

球案扫清之后，我就坐在上面，一边摇晃身体一边等待福贵和万龙他们来给我说好话。摇晃给我带来一种眩晕感，使我感到非常舒服，于是我就摇得更厉害。球台也跟着我摇晃起来，到后来，是球台在带着我摇晃，即便我不用力，我的身体也在球台上扭来扭去。我在球台上又呆了一会儿，眩晕感消失之后，我突然有点害怕。

别以为我是害怕球台倒塌砸伤自己，那没有什么可害怕的，我相信在它倒塌的一霎那，我会像一只鸟那样突然飞离。

一直没有人从教室里出来，是这个事实让我有点害怕。现在，校园里见不到一个人影，付连战好像还在教室里讲话，同学们早该出来了，可他们现在却在教室里喊着口号。

又过了许久，他们才出来。他们排着队走出教室，然后又挨着墙站成两排。乔凡新在喊着口令，同学们在向右看齐、稍息、立定、向前看。他们都看到了我，可都没有什么反应，我从球台上跳下来，站在榆树下，想：我究竟是过去还是不过去？跑过去还是走过去？跟乔老师报告一声再进队伍，还是直接进队伍？我这么想的时候，脚已经带着我往前走了几步。乔老师突然转过身。好像他的屁股后面长有眼似的，他看见了我的移动，命令我原地踏步，然后立定，然后向前走，走到球台跟前，立定，向后转。这期间，同学们嘻嘻发笑，像看猴那样发笑，像被谁胳肢了一下似的发笑。然后他们就把我忘了。他们在乔老师带领下，喊着冗长的口号，他们越喊越兴奋。他们每喊一句，我的嘴巴也要条件反射地动一下，可是我无法把整句话重复下来。

第二天，他们都到村南的路边迎接知青去了。我的父母和全村的大人也去了。我的父亲负责敲锣，天不亮，他就站在院子里复习敲锣的技艺。出门的时候，他敲两下锣，赶紧用手捂住，然后再敲，这样循环往复了几遍之后，他对我说：你们学生中谁负责敲锣？没有定下来的话，你跟乔凡新说一下，说你会敲锣，跟你爹学的，比谁敲得都响，能给他增光呢。可我怎么去跟乔老师说呢？我对父亲说：爸，我们只喊口号，不敲锣打鼓。父亲说：不让学生敲也好，他们敲不成，光会瞎敲。父亲这话是对母亲说的，母亲抱着我弟弟，跟父亲往村南口去了。

现在到了这篇小说"仪式"这一章里比较有意思的部分。我所说的"有意思"，主要是说这一段故事比较滑稽。滑稽必定可笑，可我当时却觉得一点也不可笑。事实上，我当时还因它的"有意思"而受了一点皮肉之苦。这么说吧，所受的皮肉之苦，使我加深了对这段故事的记忆，事实上它也是这段故事的有机组成部分。

·那天，全村老少涌向村南口迎接知青的时候，只有我一个人无事可干。打乒乓球是我最乐意干的事情，可是没人和我对打。

以前我倒是喜欢对着黑板撞球，可是教室的门都锁死了。教室的墙按说也可以凑合着用，但我从小就带着唯美主义的倾向，凡事都不愿凑合着来。我只能像一只野狗那样在校园里溜着墙根乱转。后来我发现了校长住室后面有小片菜地，里面长着一个半大的冬瓜，几株尖椒，几棵丝瓜。这片菜地以前我曾光顾过，为了翻蚯蚓钓鱼，可我不知道它是菜地。看见这里长出了可以毁坏的蔬菜，菜地这个概念才确立起来。我能做的事情其实非常有限，只能给它以小小的破坏。将它们连根拔掉，是不行的，因为他会追查到我。谁都明白，这一天全村人只有我一个无事可干。得考虑到时间因素，也就是说，我所干的事，应该不给人造成是这一天干的印象。屁股后面的一把削铅笔刀提醒了我，我用小刀在冬瓜上面挖了一个三角形的小口，将三角形的瓜皮小心翼翼地翻过来放在地上，然后我把小鸡从短裤旁边掏了出来。我往里面尿一点，等它渗下去之后，再尿一点。后来渗不下去了，我就把多余的尿尿到了尖椒上面，这使我又有一个意外的发现，即我的小鸡跟尖椒的形状有点类似，差别只在温度和颜色。尿完之后，我把那个三角形的瓜皮又放到原处。为了让它能彻底还原，不影响它的长势，我捏了一点土放到上面，像给它上消炎粉似的。

后来，我就朝村北的济河边走去。我往那边走的时候，心想：现在他们在村南干什么呢？很可能已经接住知青鬼子们了，知青们长的是什么样子呢？对未知事物的猜测，使我显得更加孤单。我坐在河岸边，望着河面，突然有点莫名其妙的害怕。那时候已到正午，在正午的旷野里，一个孩子莫名其妙的恐惧，我现在想起来，还是那么真切。

当他们在河面上出现的时候，我以为自己产生了幻觉，这便更使我惊惧起来，我一下子在河岸上站了起来。我往河边走了几步，确信他们是活生生的人之后，我的恐惧才去掉。

他们乘坐着两条小船，往这边漂。两条船就像一个巨大的镜面上水银剥落的那两个斑点。那两个斑点，会发出尖叫，带着标准的普通话话音的尖叫。我听到这种尖叫声，老毛病又犯了，嘴巴条件反射似的，一张一闭。后来，我不由自主地也尖叫起来。

他们就是村里正在等待的知青。

关于他们上岸的情景，关于我和他们相遇时的情景，可以写成一部书，像克洛德·西蒙受普桑的绘画作品启发写成的《双目失明的奥利翁》那样的一部书。我现在只想拣一个细节说一说。他们上岸之前，不光看我的脸，也看我的腿。我的腿被岸边的流沙深埋着，看上去就像没长脚一样。为了让他们知道我长有脚，我把脚从沙中抽了出来，然后把拎在手中的凉鞋套到脚上。我的想法是这样的：不要搞错了，我们枋口村人都是有脚的，跟你们一样，都有腿有脚。

船又拐回去拉人了，他们是第一批，河那边还有一大群人。我注意到他们中的女人都很白，女人一白就漂亮。我们把女人漂亮叫作白。当然，这里的语义有点混杂，有些女人并不白，可她长得顺眼，我们就仍然说她白。因为是初次见面，我还无法把这个女人与那个女人分开，她们一白，就让我找不出区别了。

我领着他们往村里走。我没有把他们领到村支书家，而是把他们往我家领。在到达我家门口的时候，我把他们关在门外，往厢房跑去。我在屋里转了一圈，跑出来，对他们说：

我们家没有人，你们走吧。

他们都笑了起来，问我他们该到哪里去。我说到乔红军家里去。乔红军？他们说他们不认识乔红军。我只好对他们说：乔红军就是那个拖着鼻涕虫的人，他是村支书的儿子，大人们都说，村支书小时候鼻涕也是最多的。

他们还是坚持让我带他们去找乔红军。这个时候，我又想到了乔老师在黑板上写的那个词，"恍然大悟"。我恍然大悟，他们刚来，还不知道乔红军爱流鼻涕。

我把他们往乔红军家引。乔红军家的门上着锁，我只好把他们往村里的大庙引。大庙就是祠堂，因为它很大，就叫大庙。我知道人们经常在那里开大会，看电影。"知青是驴"这一名言，就是在那里诞生的。那里还经常开斗争会。有一次，一个外来的木匠和村里民兵营长的老婆睡了觉，被捉住了。人们把木匠带到大庙前打了两天。那两天，全村人像过年一样喜笑颜开。那个木匠不把睡觉叫睡觉，叫火车挂钩。我们都没见过火车。我不知道什么叫火车挂钩。大人们也没见过火车，但他们却知道什么叫火车挂钩，你从他们喜气洋洋的脸上，可以看出来，他们是知道的，我把他们往大庙引的时候，我感到有必要问一下，他们这些知青是不是见过火车挂钩。他们的回答让我很失望，他们说火车倒是见过，但没见过挂钩。

路上遇到了村支书的老婆，也就是红军他妈。红军他妈看到我们，突然叫了一声，"娘啊——"，扭头就跑。我继续把他们往大庙引。在空荡荡的大庙前，我感到有必要跟他们说点什么。我突然想起几天前乔老师曾对五年级的语文老师说，知青们连什么叫大粪都不知道，他还说他是听付连战说的。那次他们还提到了大粪坑。大粪坑是枋口村人对村南那个用来储存牲口粪、绿肥的大坑。他说知青们来了，肯定认为大粪坑是来存大粪的，他们不知道，大粪坑是说粪坑很大，而且里面偏偏是不存大粪的。许多年之后，我又想起乔老师的话，我才理解，乔老师实际上是想出道语文题考考知青们的水平，他出的题是让他们划分词组结构的。

那一天，我感到跟他们解释一下什么叫大粪是很有必要的，免得他们日后出丑。

我说："大粪就是人屎。"

我说过这话后，他们毫无反应。我又重复了一遍，他们还是没有反应。他们坐在自己的包袱上面，没人说话。他们都看着我，我从他们的眼神上判断，他们没有听懂我的话。坦率地说，我当时急坏了。我只好蹲到地上，嘴里发出吭吭哧哧的声音，然后用手背擦擦裤裆，站起来，指着那堆想象中的物质说：大粪。

我做这番动作的时候，突然获得了一种优越感，一种由于知道"大粪即人屎"而生长起来的文化优越感。这种感觉使我非常舒服。我得把这种感觉继续保持下去。我下面的表现带有一定的表演性质，一种获得身心自由之后的表演。我围着那堆想象中的物质转了几圈，用手捂着鼻子，像是在表演哑剧。捂鼻子的动作明白无误地传递出这样一个信息：那东西很臭，还有比人屎更臭的东西吗？

这期间，我注意到一个最白（即最漂亮）的女知青（她后来成了我们的语文老师），捂着鼻子和嘴巴笑了起来。她用胳膊肘顶了顶坐在她身边的一个男知青。那个男知青一直坐在铺盖卷上玩扑克，现在，他把牌收成一叠，摸了摸嘴唇上面的胡子，抬眼看我。她的笑很快传染给他，他也笑了，后来很多人都笑了。在他们的笑声中，我绕着那堆想象中的物质又走了两圈，然后就站定了，意思是说，既然你们已经懂得了"大粪即人屎"的道理（要是不懂，他们是不好意思发笑的。当学生的都这样），那这堂临时增设的课就可以结束了。我也笑了起来，我为自己有机会给他们上第一课而感到高兴。

村里的大队人马就是在这个时候出现的。他们围着我们（我和知青）站成一圈，都有点气喘吁吁（说明他们是跑过来的）。他们不但看知青，还看我。特别是班上的同学，看我的时候，嘴里念念有词，他们都气得要死，他们没想到，全班人在村南等了整整一个上午，没有等到，倒让我等到了。乔老师和付连战看我的眼神也有点不对头。

乔红军他爹，也就是村支书先下手，把知青的铺盖卷提了起来。另外几个村干部也照葫芦画瓢，各自提起来一个铺盖卷儿。我当时一下子傻了，不知道他们要干什么。当然，我也没有闲着，顺手从地上拿起一个知青们用的军用水壶。

"放下，说你呢，放下。"

乔老师对我喊了一声。那一声低沉而有力。还没等我放下军用水壶，乔老师就把它夺了过去。乔老师自己没有拿多久，他很快就把它转交给了我们的班长福贵。福贵接住之后，翻来覆去地看了又看，又摇了一摇，放到耳边听着。他似乎不知道那是什么东西。

"那是水壶，笨蛋。"我对福贵说。

水壶？我看是尿壶。福贵故意气我。他不但这么说，还要这么比划。他把它放到裆前，活灵活现地比划了一下。乔老师不但没有生气，还很亲切地在福贵的头顶上拍了一下。

这期间，我们已经跟着村支书往村南走，村南的路口，到处都贴着标语。乔老师边走边对一个村干部说："写标语，手都写酸了。"他夸张地活动着手腕，往前走了几步，对另一个村干部说："你看我的手是不是肿了？写标语写的。"他挨个儿讲了一遍，才回到学生们中间。

村支书把知青们领到村南的运河桥上，就不再往前领了。他要求大家把行李还给知青。知青们接行李的时候，有点手足无措，有点尴尬。一个知青从裤兜里掏出手绢擦汗，同时偷偷问道："进错了村子？这不是枋口村吗？"

支书推着他们，把他们往村外赶。那道运河桥大概只有二十来米长，可他们竟然走了半堂课之久。他们走几步，停下来商量一会儿，脸上的疑惑增加几分。

等他们过了运河桥，村支书就迅速从桥上退回来。他命令我父亲他们赶紧敲锣打鼓。锣鼓一响，知青们在桥头愣了一会儿，就加快步伐往远处走。

还不把他们给我追回来。村支书跺脚喊道。

那戴过绿帽子的民兵营长，像狗一样蹿了出去。他截住了他们的去路。当他笨手笨脚地拉一个女知青的行李的时候，这边的人群中不知道谁说了一声：挂上钩，别让她跑了。人们都嘿嘿笑了起来。村支书也笑了，他同时打手势让大家别笑。喊口号，大家跟着我喊口号，他说。

口号震天。当时喊的口号我大都记不清了，不过其中有一句我记得很清楚，全句是：反对知识青年下乡就是反对文化大革命。这句话太文绉绉了，也太冗长了，不易掌握，所以村支书把这句话分成三段来喊，大家也照葫芦画瓢跟着喊："反对知识青年下乡！就是！反对文化大革命！"

知青们这时候大概才明白过来是怎么一回事。他们在民兵营长的指挥下，又踏上了运河桥，向这边走过来。出于对仪式的尊重，他们一边走，一边也跟着村支书喊起了口号，并且让脸上浮出笑来。在往大庙走的途中，由于他们的加入，口号声显得更加参差不齐。

迎接知青的仪式到大庙之后就结束了。当我跟着人们往家走的时候，我没想到，一顿皮肉之苦在悄悄地来临。

那天晚上，父亲回来之后，很快又被人叫走了。他们走得那样匆忙，似乎有什么要紧事。他回来的时候，我已经睡着了。我当时大概正在梦中打乒乓球，因为我至今仍记得我是从乒乓球案上被拎起来的。突然升空的感觉是让人又惊又喜的，但是，接踵而至的疼痛破坏了我的感觉。我睁眼的时候，父亲的手正朝我的脸扇过来，来回扇了几遍之后，他把我扔到了墙角。接下来是一场对话，父与子的对话。暴力充斥其间，加大了父亲话语的力度。

父亲说："说，上午干什么去了。"我说我在学校玩耍。父亲就说："同学们都去接知青了，你为什么不去？"我说乔老师不让我去。乔凡新为什么不让你去？乔老师……乔老师……，我说不出来乔老师为什么不让我去。这时，父亲加进来一脚，这一脚踢到了我的膝盖上。你没去接知青。你干什么去了？我去济河边逮螃蟹了。逮了螃蟹，还干什么了？接知青了，我说。谁让你接知青了？父亲说着，又踢了我一脚，另加一记耳光。说，谁派你去接知青了？父亲说。父亲当然知道没人派我去河边接知青。但还是明知故问。父亲说，你逮螃蟹就逮去吧，谁让你接他们了，啊？我让你接，让你接，接，让你给我接。

父亲说着，踢着。我的母亲站在旁边没有拦他，祖父、祖母也没有拦他。平时，他打我一下，他们就会过来对我说，还不快认错，然后他们就命令他住手（孩子已经认错了，你还发什么邪火?),可是这一次,他们听任他往死里揍我。

父亲又踢了我一阵,然后把我拎了起来。他显然是想把我从墙角转移到中央,图个打起来方便。以前,他也经常这样,但这一次,他没有把我重新摔到地上。他发现我有点不对头了,我身上的骨头像是被剔净了,拎起来是一条,放下去是一堆。他把这个动作重复了几次,最后一次把我拎起来的时候,他转过身,让围观的家人看看。他们面面相觑。我的母亲打个手势,让他赶紧把我放下。父亲小心翼翼地把我放回床上,母亲他们很快围了过来。他们拍拍我的脸,摸摸我的头,揉揉我的膝盖。我的祖父开始唤我为祖宗,他说:"小祖宗哎,我的小祖宗哎,你哭一声让我们听听。"他这么说着,还用粗糙的手把我的小鸡掏出来,翻开包皮看了看。

在他们慌着喊我祖宗的时候,我虽然一句话也说不出来,但我的脑子却很清醒。我又想起了付连战的菜地,我的眼前出现了那只冬瓜。那只冬瓜又变成了许多只冬瓜,长在每家的房后。我不但往那里面撒尿,而且还往里面拉屎。那么多冬瓜,我是尿不过来的,不过,尿一点是一点,拉一点是一点,尽力而为吧。我这么想着,突然有点快感。伴随着快感而来的,是一阵温暖。

你肯定嗅出来了,这世上又多了一滩东西。它出现在我的屁股和凉席之间,有稀的也有稠的,快乐、温暖以及愤怒,都由此而来。

济 水 桥

前面提到，知青们是来枋口村修桥的。在知青进村的前一天，付连战给我们训话的时候，还顺便提到了这一点。

后来，我们才知道这种说法是值得商榷的，它将人们的需求说成了知青们的目的。准确的说法应该是：人们需要一座桥，碰巧知青们来了，那就让他们修桥吧。

不让他们修桥，那让他们干什么呢？在 1975 年，知青的各种传说似乎已成定论："什么都不会干"、"打架闹事的好手"、"偷鸡摸狗"、"剪猪尾巴"、"敢在路上搂着亲嘴"，等等。枋口村虽然还未住进知青，但枋口村人对这些传说没有理由不相信。传说中的知青，就像一批土匪和妖精，谁敢要啊。

但是，公社分下来的知青，你不要也得要。公社把枋口村的支书叫去，说，济水河上不是需要一座桥吗，以前懒得修，也没人愿修，就让知青们修桥吧，总得给他们找点事干吧。公社方面说，枋口村的知青可以和对岸尚庄的知青联合起来修桥，有事干，他们就不会无事生非了。再说，济水上也确实需要一座桥，有了桥，过河就不用担心船翻人亡了。

公社方面也向枋口村人暗示：桥修成，那些知青也就快滚蛋了，不要担心他们会长期落户。

先在济水上游筑坝，让济水暂时改道，然后在河床上挖洞，用来安放桥墩。工程进行得很顺利。大人们都说，原来以为建个桥比上天还难，谁知道这么一步步干下来，看上去也挺容易的。言外之意，应该找个难干的活儿交给他们干。有人说我们要会画图纸的话，这活我们干得说不定比他们还好。这么一来，人们突然对设计图纸感了兴趣。那些天，"图纸"这个生僻的词经常挂在人们嘴上。我们不知道大人们说的图纸是什么东西，我以为知青们养了一群兔子。同学们大概也都是这么想的。乔红军有一天对我说，他也有兔子，是刚从一个地方逮来的。他没说清楚"一个地方"究竟是哪一个地方。红军就是这种人，好多事情，他都是既想让别人知道，又怕让别人知道。知青们来了之后，大人禁止我们跟他们接触。因此，我们也无缘看见知青的"兔子"。但红军似乎是个例外。红军待在家里就可以接触到知青，知青们常到他家去。红军吃的饼干显然来自于知青，他有时候正上课突然就吃起饼干来，而且故意让嘴巴发出很大的声音。这么说来，知青给他送两只兔子也不是没有可能。

有一次上作文课，乔老师带我们去了河边，他说看看河之后，每人回来写一篇作文。我们对作文不感兴趣，感兴趣的是兔子。我当时想，作文就写河滩上的兔子台，除此之外，真的没什么可写。一个知青听说我们要看兔子，一下子愣了，他以为我们受大人唆使来考他们。大人们倒真是常出题考他们，让他们说说什么叫韭菜，什么叫麦苗，问他们骡子是什么东西下的。他们显然被搞怕了。这一次，这个知青听我们说起兔子什么的，愣了一会儿，就说：我没见过兔子，真的，我还没见过兔子。

他的回答让我们很不满意。过了许久，他和乔老师在旁边说了一阵，才笑着说：你们是来看图纸的吧？图纸丢了，不过我可以给你们画出来。说着，他就捡起一根树枝在沙地上画了起来。他画的东西，模样有点像桥，他说这就是图纸，桥修成了，大概就是这副样子。

不过，说起来，那天我们虽然没有看到兔子，可我们却有机会看到了类似于兔子奔跑的场面。那天下午，就在我们非常失望地往回走的时候，一阵惊叫声突然响了起来。我们看到河床上的知青像兔子那样到处乱蹿。他们的大惊小叫以及撒腿乱跑的模样，使我们非常开心。其实没有什么大不了的事，只不过是水漫过了上游不远处的河坝，向下游流了那么一点点。他们显然是被想象中的大河决堤的情形吓跑的。他们丢掉手中的工具，猛跑了一阵，后来发现水并没有从屁股后面追来，才放慢了脚步。但他们还是上了岸，不再下河。他们站在岸上，一任我们无声地嘲笑，我们终于逮住机会嘲笑他们了。在此之前，我们总觉得他们这些知青都胆大包天，敢于胡作非为，很让人羡慕，现在看来，他们的胆儿并不大，竟然怕水，这方面他们还不如一条狗。

他们也开始互相嘲笑，并且查找谁最先跑。后来，他们都把目光投向了最白的那个女知青。他们这会儿不再嘲笑她，而是纷纷用开玩笑的口气挑逗她。说她的命比别人值钱，因为她长得漂亮。有人说，看见她在前面跑，他也赶紧跑，因为他想跟她死到一块儿。说后面这句话的人，是个细皮嫩肉的知青，外号叫普希金，据说他会写诗，能把普希金的《渔夫和金鱼》背下来。他好像什么时候都忘不了普希金的诗，这会儿，他说，他要是跟她死到一块儿，两个人肯定会变成两条金鱼。两条金鱼，一公一母，有人在旁边说一句，引得知青们哈哈大笑起来。

白知青急了，急得都快哭出来了，她说她并不是最先跑的，最先跑的是个叫丁奎的家伙。她说丁奎跑了之后，她才跟着跑。那不还是一公一母两条金鱼？有人插了一句。大概就是这句话把她搞哭了。公鱼跟着母鱼跑，那是母鱼的光荣，母鱼跟着公鱼跑，母鱼就显得掉价了。这可不是小事。她现在还在极力证明她是跟着丁奎跑的，这不是显得太傻了吗？所以，她哭了两声之后，就说：是丁奎跟着我跑的。她这句话就等于她公开承认自己是条母鱼，这当然让人们开心之极。

问题是母鱼后面的两条公鱼现在只有一条在岸上，另一条姓丁的公金鱼一直没有露面。

我们班上的李万龙最早看到丁金鱼。李万龙的两只眼睛都是斜视，他总能看到我们看不到的东西。他其实很早就看到了丁金鱼，可他不想把这告诉别人，理由是，他不想处处证明自己是条斜眼龙。所以，他看到躺在河里的丁金鱼之后，一直不吭声。他把乔老师拉到一边，悄悄地指指河道拐弯的地方，让他自己去看那里躺着一个人。乔老师看到那人之后，就激动了起来，对大家说：快看，那里好像趴着一个死人。他说完，还补充了一句话，这句话使得李万龙的一番苦心都白费了：别看李万龙的眼有点不对头，他的眼尖着呢。

　　人们顾不上笑，赶紧跑了下去。河里的水很浅，大概刚及腿肚。但是，就是这么浅的水，把高高的丁奎给淹死了。他的脸朝下，这样可以喝到水，脸要是朝上的话，说不定还喝不到水呢。一开始，人们还认为他是在开玩笑，后来把他翻过来，发现他的脸已经变成蜡黄色了，这才知道他这样做，可不是故意的。

　　知青们一个个不苟言笑，七手八脚地把他抬到了岸上。在河边放牛的乔福顺（他原来也是我们的同学，因为考试常吃鸭蛋，就回家放牛了），牵过来一头老黄牛。他很内行地让知青们把丁金鱼放到牛背上，说驮一驮，吐吐水，就可以活过来。他这种说法得到了乔老师的肯定，乔老师说以前确实有人驮一驮就活过来了。知青们对此将信将疑，他们显然更相信人工呼吸。最早提出这个方法的，就是白知青，她这么一说，他们就把他从牛背上搬了下来。可是，虽然"人工呼吸"这个词不断被他们提及，却并没有人做出行动。到后来，他们还是把他放到了牛背上。

　　牛驮着丁奎在沙滩上走，确实有水从丁奎嘴里吐了出来，这仿佛让人看到了希望。不过，这时候，更多的人已经在探究丁奎之死的原因。当然，他是淹死的，可那刚淹住脚面的水怎么能把一个壮小伙子淹死呢？有人提出他可能是昏倒在地被水呛死了，也有人说他可能是因为腿抽筋，在地上爬不起来，被水灌死了。说法很多，但都无法得到证实，只能寄希望丁奎复活，把答案告诉大家。又有人说，丁奎即便活过来，也可能不知道答案，因为有些神秘因素，不可能被人了解。说这句话的，是那个喜爱普希金的诗人。但他并没有说明，神秘因素具体指的是什么。神秘的倒是他说话时的表情，他说这话的时候，不但面部表情显得很神秘，而且，语速慢悠悠的，语气也显得不可捉摸。他这么一说，争论就到此结束。争论一结束，当事人丁奎在牛背上又趴了一会儿，就下来了。

我现在还记得丁奎从牛背上下来的情景。当时，我和牵牛的乔福顺并排走着。乔福顺给我说着不上学的妙处。他鼓励我也退学。放牛最好玩了，他说，公牛和母牛在一起太有意思了。他说牛在干那事的时候，他一定想着我，让我也来瞧瞧。在这种时候他给我说这些，使我感到很不好意思。我生怕跟在后面的知青听到，不停地回头看他们。我甚至害怕丁奎听到，因为他离我们很近。到后来，我干脆倒退着走，和乔福顺面对面，这样，他讲什么我都能听见，同时，我还能看见后面发生的事情。牛的两边，各有一位知青，都把手放在丁奎身上。后来，丁奎在牛背上动弹了几下，一股水又吐了出来。站在丁奎头部的那个知青，喊了一声：丁奎又动了，还吐水了。他的话音没落，丁奎就头朝下从上面滑了下来。他本能地在下面接应了一下，使丁奎没有立即摔下来，而是慢慢滑到了地上。人们都看到了丁奎的那双眼。那双眼像鱼眼那样睁着，瞳仁固定在眼眶的正中。这会儿，他显然已经死透了。

顺便说一下出师未捷身先死的丁奎对枋口村语言学的贡献。

"丁奎"这个名字，后来在枋口村成了一个专用名词，用来指那些客死于枋口村的人。二十多年之后，这个名词仍然经常被人用到。随着改革开放的深入，客死于枋口村的人越来越多，这个词的使用频率也越来越高。有时候，它也充当形容词，用来说明某种垂死状态。其句式通常是这样的：张三已经很丁奎了；李四还在丁奎着呢；王麻子好像也丁奎了。

如果给丁奎（真正的丁奎，而非语言学上的丁奎）盖棺定论的话，他的贡献好像并不仅仅局限在上述方面。这个因修桥而死的人，死亡本身就是一座桥，通过这座桥，枋口村人和知青们的联系突然密切了起来，团结、紧张、严肃、活泼的局面形成了。他的死，也促使我写这篇小说，从某种意义上说，他的死，构成了这篇小说的一个动机。

不消说，我要写到那个被人称为"母金鱼"的白知青了。丁奎死了之后，哭得最凶的就是她。她的哭，引发了别的知青的哭。别的人哭一阵也就算了，可她还是照样哭。用知青们的话来说，就是她都快哭死了。人们当然不能让一个年轻漂亮的女人死在哭上面，因为那没有多大意义。可以说，枋口村人跟知青一样着急，生怕她就这样毫无意义地死掉。总得找人去劝劝她，想个办法让她把眼泪擦干，继续投身于农村这个广阔的天地。可是谁能承担起这份工作呢？

愿意承担这份工作的人很多。起初是村里的妇女，主要是大妈和大嫂，她们都是自愿去的，去的时候，手巾里包着两三个鸡蛋。一到大庙的女知青的屋里，就盘腿坐到了床上。她们说的话，专业性很强，都是劝丧的专用语码，村里的男人都很难听懂，何况知青。另外，一些词的感情色彩不容易被人掌握。比如她们经常提到"死鬼"这个词，并说那丁奎就是死鬼。外人听来这很像是骂人话，可是枋口村妇女用这个词是来表明她们和死者家属的亲近之情，意思是说，他虽然死了，可是我们都还活着，我们（我和你）把那死鬼给忘掉，继续走我们的路。她们的一套语码让白知青感到莫名其妙，是在情理之中的。她加倍痛哭也在情理之中，想一想没有人能和自己沟通，她们还要来这里骂人，她哭的理由就成倍增长了。

我的母亲也去过一次，也是带着鸡蛋去的，而且还是挑最大的鸡蛋带去的。母亲回来之后，复述了她们七嘴八舌说的一大堆安慰话。除了骂死鬼之外，她们还劝她保重身体，节哀，以后的路还长着呢，该嫁人还是要嫁人，不要在一棵树上吊死，千万不要犯糊涂。她们的话，翻译过来，大致如此。诸如此类的话，她们说了许多遍。坐在白知青身边的人，还时不时地在她的肚子上摸了一把，这使得谈话慢慢变得意味深长，也渐渐趋向一个想象中的真实：她已经怀上他的孩子了。这里隐含着一个连续跳跃的判断推理：

别人不哭，她哭，说明她和死鬼的关系不一般。

男女的关系不一般，当然会有孩子。

她肚子里没有孩子那才叫怪事呢。

类似的判断推理可以翻出许多花样。某种真实似乎越来越明确了。随着白知青房间里的鸡蛋越来越多，几乎每个妇女都掌握了推理判断的知识。村里的一对迟迟未育的中年夫妇，已经做好准备，要下白知青生下的小宝宝。他们不怕别人笑话那个小宝宝。他们相信，那时候人们会忘记宝宝的私生子身份，留下的事实只有一个：他们有了个孩子，孩子聪明可爱，因为私生子都聪明可爱。

得知白知青肚里有种的消息之后，村里的不少男人，尤其是那些光棍们，都自告奋勇，愿意上去开展工作。但村支书往他们头上浇了一盆凉水，他不允许他们胡来。村支书担心大家怀疑他想单独揽下这份差事，就说：他也不去，他推荐别人去。

他推荐的人是村里最有文化的乔凡新。乔教师没有推让，他说，既然大家相信他，他就尽力而为，把说服工作做好。他还说，他也想趁这个机会，和知青同志们多接触一下，向他们学点知识，服务于今后的教学。乔凡新给我们布置了作业，让我们继续写作文。关于作文，他提了两点要求：一是字迹要工整，篇幅要长；二是什么都可以写，但是不能写那天下午河滩上发生的事情。

我当时又想起了乔福顺的牛，我问老师能不能把乔福顺的牛写进去。乔老师立即把两点要求变成了三点。他说：补充一条，福顺的牛也不能写，谁敢写，我罚他天天扫地擦黑板。

我们都以为乔老师去工作一个下午就行了，没有料到他一连三天没在学校露面。语文课改成了自习课。什么叫自习课？自习课就是你想干什么就干什么，只要不出教室就行。我们以前怕上语文课，现在我们最愿意上这门课了。我们把课桌并到一起，打乒乓球，或者登上讲台，模仿各位老师的神态。乔福顺有一天牵着牛从校园旁边经过，受我们喧闹声的吸引，他跳过墙，趴在教室的窗口久久不忍离去。他说早知道上学也能这么舒服的话，他就不退学了。

当然也有人不舒服。付校长就不舒服。他经常跑到教室里训斥我们，让我们把桌子拉开。他还骂我们是些孬种，骂过我们之后，他又说：我也不骂你们了，这不能怪罪你们，上梁不正下梁歪嘛。到后来，付校长不但不骂我们，而且对我们的态度变得格外好，他说，既然你们想玩，就到外面玩吧，教室里的地方太小，都到外面去吧。

到第四天，齐老师突然出现在校园外面。他是和那个白知青一起出现的。我们就像老鼠见到了猫一样，赶紧往校园里跑。可是，我们很快发现这只猫连看都不看我们一眼，倒是白知青侧着脸，往这边看了一下。乔老师和白知青并排走着，向校园后面的花生地走去了。和我们一起看到这个场景的，还有付连战。付校长明知故问，对我们说：你们看到什么了？什么也没有看到吧？我就知道，你们什么都没有看到。

我们当然要说我们看到了乔老师。我们的话一出口，就遭到了付校长的批评。

胡说，付校长说，看到乔老师了，乔老师怎么不理你们？

乔老师离开学校的第五天，村里发生了一件事。乔老师的老婆到村支书家闹了一场。这是乔红军到学校说的，他说乔老师的老婆一到他家里，就像驴一样躺在地上边叫边打滚，说有个知青把她男人给打了，要求村支书给她作主。奇怪的是，她不但骂那个打人的男知青，而且还骂白知青和乔老师。后来的事情怎么样了，乔红军说他真的不知道了，因为他爹拎着扫帚往外边赶人，把他也赶了出来。

大约一个星期之后，乔老师回到了学校。他没有直接回教室，而是呆在教室外面的榆树下，和低年级的老师们聊天。我们透过窗户，看到乔老师脸上的那道疤。那道疤把他的嘴巴和耳朵连接了起来。我听见一个老师对乔老师说：凡新同志，你好像刚从上甘岭回来。乔老师立即说：你们看着，我非把我老婆宰了不可。说着，他就把衣领往下拉，让人们看他脖上的疤。都是她咬的，他说，你们说说她该不该宰？

该宰。我们在教室里边说。不过，老师们没有人接他的话。

就看下一次了，下一次她要是还敢乱抓乱咬，我非宰了这臭娘儿们不可。乔老师说。

老师们显然不关心那些牙齿印，他们关心的是另一个问题：

知青怎么会揍他？他们显然觉得这个问题更有意思。一个教算术的老师首先提出了这一点。这个老师是个急性子，他对乔老师说：

凡新，你快说说，那个知青怎么会动手打人，我们都想替你报仇。

知青打人？打谁？为谁报仇？乔老师说。

乔老师说着，第二次拉下了衣领，让那些疤痕再次亮相。这像是男人打的吗？男人打架的时候，谁动用过牙齿，这分明是我老婆咬的嘛。乔老师说到这里，再次发誓非把老婆宰了不可。

算术老师吸着烟，不再吭声了。老师们并没有立即散开，而是席地坐在榆树下，谈论起别的话题。他们说到了桥，说这桥看样子是修不成了。有人提到了尚庄的知青，说尚庄的知青已经过来打听，什么时候复工。算术老师说，他们要是也有人死的话，就不会这么热心了。他的话招来了异议，有个老师说，河边已经死过两名知青了，而且是在丁奎死之后发生的事，前几天尚庄放电影，电影还没有散场，尚庄的知青和付连战家（官庄村）的知青就打了起来，尚庄方面只死了两个，官庄死的有四五个。话题渐渐转移到了"胆量"、"勇气"方面。他们都承认，枋口村的知青胆量最小，缺乏勇气，从来没见过他们动手打架。他们的话让我们这些学生也感叹起来。我们都对本村的知青有点莫名其妙的失望。同时，因为他们就住在枋口村，作为枋口村人，我们都觉得他们给我们丢脸了。老师们显然也有同感，否则，他们不会那样连声叹息。

到这个时候，大家都已经能感觉到，我们和本村的知青已经有点同呼吸共命运的意思了。

我讲上述这个场景的时候，大家可能也注意到了，付校长连战同志并没有出现。他出现得确实比较晚。老师们在榆树下正要作鸟兽散的时候，他才从自己的住室里出来。

和他一起出来的还有其他三个人：村支书、白知青、热爱普希金的诗人。

村支书领着诗人走到了乔老师跟前。他指挥着诗人和乔老师握手。诗人接着又和别的老师握手。别的老师这会儿都看着乔老师，乔老师抬手把脸上的疤捂住了，他把另一半没有疤的脸转向了我们。这样一来，他就不吸引人了。我们都把目光投向了白知青，她现在已经不哭了。她站在村支书和付连战之间，就像鲜花插在牛粪上，显得更加漂亮，搞得我们都不好意思多看。当然，既然见到了她，我们就不会放过她的肚子。大家发现她的肚子并不像传说中那么鼓，这让大家迷惑不解。

地　　震

这年夏天，人们都传说可能要有地震。其实，可能有地震的说法，近几年来，每到夏天都要喧嚷一阵，人们一开始还有点害怕，到后来，就慢慢地觉得不以为然了。经常喊狼来了，可狼一直不来，谁都有理由怀疑到底有没有那么一条狼。

这一年的情况有点不同往常。往年，人们喧嚷一阵也就算了，可是这一年，越到后来，人们越是害怕，连那些总是有点不以为然的人，最终也害怕了。人们寻找着地震的迹象，迹象不找则已，一找就是一堆。乔凡喜家的一只母鸡近来像公鸡一样打鸣，他家只有这么一只母鸡，鸡舍就砌在窗下，乔凡喜不可能听错。李长庚家的狗最近经常跳墙，在院墙上跳来跳去的，李长庚起初还以为谁家的孩子跑到墙边拉屎了，后来，他发现墙两边连湿印都没有，这就排除了狗在找屎吃的可能。李长庚也出来作证，说一点没错。他还说，为了让狗更好地起到站岗放哨的作用，他到公社大院的垃圾堆上给狗捡了十来根骨头。

天气越来越热。启明爹是全村的寿星，他说他这辈子还没有遇到过这么热的天，他可不想就这样热死，所以他想到二十里之外的苗店去避暑，他的女婿在那里当民兵营长。福顺他爷对启明爹说：你还是拉倒吧，听说苗店已经有几个人热死了。人们甚至怀疑新闻的真实性：广播里说气温只有四十度，这不是胡扯吗？启明他爹分明看见水在太阳底下冒烟，像是快烧开了，怎么会只有四十度？

在众多的奇迹之中，有我本人提供的一条奇迹。我对我爹说，福顺的牛这几天也不反刍了，嘴边没有白沫。我爹不让我到处乱说，可他本人却把这个消息到处乱传。

上述事例似乎还称不上是什么事件，都还只是一些鸡毛蒜皮的小事。近一年来发生的，能够进入枋口村史的事件，人们罗列了一下，这么一罗列，人们不由得大吃一惊，发现它们都是怪事：

（1）根平媳妇生下了第六个女孩。

［根平现在已不觉得丢人了，他逢人就说：大家都看到了，并不是我本人不管用，而是老天爷在作怪，让我种瓜得豆。］

（2）云端姑娘大喜之日，还没有上轿，突然死了，这还不够奇怪，奇怪的是云端的女婿在迎娶的路上，也死掉了。这件怪事真让双方家长头疼，不知道该不该把他们埋到一块儿。

（3）枋口村突然来了知青，林彪在温都尔罕摔死之后，据说别的地方的知青已经有人回城了，这倒好，又给我们派来了知青。

（4）知青们从未跟外村的知青打过架，后来倒是跟乔凡新打了一次，可是乔凡新和那个喜欢什么渔夫啊金鱼啊的知青都坚持说没打过。既然没打过架，为什么要把乔凡新调到外村，乔凡新一走，枋口村就只剩下付连战一个人是公办教师了，以后连标语、对联都没人写了。

（5）丁奎莫名其妙死了。

在人们忙着罗列这些怪事的时候，一件事发生了。这件事也可进入村史。这就是：

（6）白知青进枋口村小学当教师了，而且她当教师的第一天，就换上了裙子，说不定她连裤衩都没穿。没穿裤衩的女知青到学校教书，人们可从来都没有听说过。

鸡飞狗跳，连生女孩子，丁奎之死，白知青的裙子，这些连续发生的怪事，显然预示着更多更大的怪事将要发生。

不敢往深处想了，一想头皮就发麻。

真是雪上加霜，就在这节骨眼上，那位热爱普希金的知青，提供了一条消息。他说他从他父亲那里得知，华北一带发生地震的可能性很大，他父亲在省里的什么地震预测中心工作，消息当然是非常可靠的。

经常有人在路上截住他，问他地震是不是真的要来。他只说很可能要来，他从来不说究竟是来还是不来，他本人也知道这个叫法的来历，他并不反对别人这么叫他。相反，他有时候还提醒人们，除了注意鸡和狗的动静，还应该注意河里的鱼类。他说，要是那一天有成群的鱼往岸上跳，那就说明地震快来了。

白知青到校之后，先教了一阵低年级的语文，才来教我们。现在回忆起来，在白老师手下读书，是我们最快乐的日子。白老师不在教室上课，她喜欢把我们领到教室外面上课。每次上课前，都有人抢着抬那块小黑板。上课的时候，小黑板拴在一棵榆树上，树一摇，小黑板就乱晃。黑板一晃，就有人说，白老师，好像地震了。白老师看看黑板，又看看别的榆树，然后又盯着自己的脚看上半天。不要胡说，白老师说，不要自己吓自己。她这么一说，我们就开心地笑起来。有一天，没有一丝风，树叶也不动一下，这让许多人感到着急。后来，乔红军趁老师往黑板上写字的工夫，朝身边的一棵榆树连踹了几脚。我们都看穿了乔红军的心理，没等他本人说话，我们就不约而同、迫不及待地说：报告，白老师，地震了。

　　大家都这么说，显然不会有错，白老师也就很自然信以为真了。她张着嘴，仰脸看着天，好像地震是在天上发生的。这一次，大家可真的乐坏了，除了乔红军有点恼火之外，别的人都笑得气喘。

　　千万不要认为我们是在捉弄白老师。虽然从效果上看，白老师是被捉弄了，可这种效果并不是目的。我们的目的其实很简单，也很可爱：我们都对白老师那副惊愕的样子非常着迷，在这种时刻，她不像是老师，她只是一个让人着迷的姑娘。特别是她在识破我们的诡计之后，闪现在嘴角的笑纹，更让我们入迷。

　　这一次，她愣了一阵之后，笑纹又出现了。我们一下子鸦雀无声，注意力全集中到她那张白净的脸上。

　　既然这能使我们如此着迷，那么故伎重演就势在必行了。

　　但是，付连战过来干涉了。我们上课的时候，他就在离我们不远的水井边洗衣服，我们上多长时间课，他就洗多长时间衣服，这已成了惯例。这一天，他把脸盆一扔（我们都听见了脸盆着地的巨响），走了过来。经过晾衣绳的时候，他忘记低头了，脖子被晾衣绳勒了一下，使他差一点仰面躺下。他整理了一下头发，拉了拉衣领，继续往这边走。他一直走到白老师面前，才把脸上的愤怒转为和蔼。

　　这群孬种把你气坏了吗？他对白老师说。他把手伸了出去，似乎想和白老师握手，但他很快又把手收了回来。都是乔凡新教的，他是班主任，上梁不正下梁歪，他们都是跟他学的。他说这话时，声音压得很低，但我们还是听到了。当着学生的面，校长攻击一位老师（尽管他已经调走），使我们很感兴趣。不过，对他前面的那句话，我们很难认同，课下，没有人承认自己是孬种。

"我已经快习惯了。"白老师说。

"习惯了？"付连战问道。"你看一看，你们把老师气成什么样子了？"付连战转过脸，训了我们一句。他宣布下课，说要让白老师消消气。

我们都坐在那里不动。付连战又喊了一遍，我们还是不动。第三次，付连战没有说下课，而是说：

"都给我乖乖坐好，不准胡说乱动。"

如前所述，鬼子们进村之后，都住在大庙。最先搬出大庙的，就是白老师，她住进了学校。乔凡新调走之后，学校空出了一间房那间房紧挨着水井，现在付连战搬了进来，他把自己的房间给了白老师。白老师经常到井边洗衣服，付连战听见水声，就会走出来，也来洗衣服。

洗衣服的场景并没有多大意思，谁都见过，并不稀奇。有意思的是他们洗完以后的动作。通常是他们两个人各拎着衣服（或被单）的两头，面对面地拧衣服，就像拧麻花似的，他们朝相反的方向使劲。付连战把吃奶的力气都用上了。拧的时候，浑身都变了形，屁股上的肉都在抖动，从很远的地方，就可以看到他脖子上的筋都突了出来。白知青虽然年轻，可是拧不过他，所以她经常摔倒。准确地说，是随着他的不断加力，她在井边不停地更换站姿，换来换去，她就在井边的蕨类植物上滑倒了。她一滑倒，付连战就把拧好的衣服扔到地上，赶快去把她扶起来。他把她扶进房间，然后重新拐回来洗那件掉在地上的衣服（或被单）。

我们当然要把看到的事情给家长们讲。家长们对我们的讲述很感兴趣。我的母亲就很感兴趣。吃过晚饭，母亲通常会问我一句：你们的老师又洗衣服了没有？

对此最感兴趣的是那对未生育过的中年夫妇。他们曾来过我们家两次（显然也多次到过别人家），而且是专为此事而来的。他们一来就说，你们家的小洱给你们说过那事没有？

什么事？我母亲说。

就是他们洗衣服的事。

没有，他从来不说这事，他是个闷葫芦，什么都不说。

然后他们就把我刚才讲过的事再复述一遍。他们家里又没有人上学，不知道他们是听谁说的。他们其实也不关心洗衣服的过程（这跟我一样），他们关心的是白老师的摔倒。他们说，这样摔来摔去，早晚会出事的，老付没安好心，想让我们断子绝孙。

想起来了，原来他们关心的是白老师的肚子。

毕竟还没有流出来嘛，母亲安慰他们，没有听说有什么东西流出来，你们不要胡思乱想。

还敢等流出来，流出来不就晚了？他们反驳我母亲，并且抱膝摇晃，叹息不止。

当然，问题的另一面也提出来了。即白老师对此事究竟是什么态度：她是不是也乐此不疲？他们提到了一个典故。《三国演义》里的那个著名的典故：周瑜打黄盖，一个愿打，一个愿挨。白老师也愿意这样摔下去吗？是要摔到孩子流出来为止吗？如果这个说法能够成立，那这对中年夫妇就应该死心了。孩子装在人家的肚子里，人家要想弄掉，他们是毫无办法的。

这里应该提一下，知青们现在都已先后搬出了大庙。白老师从大庙搬出来之后，没过多久，别的知青也搬了出来。他们现在住在济水岸边的一片空地上，那里堆放着修桥用的水泥、石子和钢筋，现在又多了几顶用树枝搭起来的帐篷。丁奎死后，公社下令暂缓修桥，地里又没有什么农活，他们和村里人一样无事可干了。能干的事似乎只有一件，那就是防震。正是为了防震，他们才从大庙里搬来。那个热爱普希金的知青是最早提出搬出大庙的，他的理由是：大庙年久失修，是从旧社会传下来的，一旦地震，不倒才是怪事呢。知青们谁也不想当第二个丁奎。他的说法，得到了别的知青们的响应，村支书只好帮他们在那个大院里赶建住房，在房子建起来之前，他们只好住在帐篷里面。

我提及这一点，是为了引出下面的事实。知青们现在住的地方，离学校很近，当中只隔着一片用来种花生、地瓜的沙地。我们来往起来很方便。丁奎死后，虽然大人们和知青形成了团结、紧张、严肃、活泼的局面，但他们通常还是告诫我们少跟知青接触。现在，他们想禁止也禁止不了啦。

那时候，知青们常来学校转悠，他们操着半生不熟的枋口村话和我们交谈，我们慢慢也学会讲他们说的那种枋口村话了。比如，枋口村人把厕所叫茅肆，他们现在也称之为茅肆，只是把"肆"发成了"屎"，我们不说茅肆，也跟着他们说茅屎。我们把"晚上"称为"黑"，把"昨天晚上"称为"夜儿个黑"，他们现在跟着我们学，也说"夜儿个黑"。我们有时候倒学着他们原来的说法，把"昨天晚上"说成"昨夜"，后面还要再加上"晚上"，叫"昨夜晚上"。"昨夜晚上"这一病句被他们笑纳了，后来，双方都说："昨夜晚上"，一套特殊的、错误百出的语码就这样形成了。

那段时间，我们也和大人一起在外面住宿。大人们把钱和工分册缝在裤衩里面，带着我们来到打麦场。打麦场周围没有房子，是防震的好地方。大人们聚在一起忧世伤生的时候，我们最为快乐，我们逃离大人的视线，到处疯玩，我们甚至觉得地震可真是好东西，要是没有地震，我们晚上就被大人关在家里，想玩都玩不成。通常，我们玩着玩着，就玩到了学校后面的那片沙地。知青们也常来那片沙地。双方汇到一起，用那套特殊的语码交谈。在一群孩子中间，他们喜欢拉住我和乔红军谈话。拉乔红军，是因为他是支书的儿子，想从他那里套出一点内幕消息：支书又去哪里开会了，哪个知青拎着饼干和肉松去他家做客了，等等。他们拉我说话，是因为我最先见到他们，他们对我有深刻的印象。

最深刻的印象当然是我在地上不停地蹲下站起绕着想象中的粪便转圈的动作。现在，他们叫我过去的时候，常常学着我当初的样子往地上蹲那么几下。这么一来，我就知道他们是在叫我，而不是在叫别人。

他们曾把我领到那个会画宣传画、作诗、也会玩扑克魔术的知青旁边。这是咱们的老朋友，让他给你讲讲吧。他们说着，就推着我的后脑勺，把我推到他跟前。

他要问的问题跟我的母亲一样，连问的方式都一样，所不同的只是他把付连战称为杂种：

那个姓付的杂种又跟你们的老师拧衣服了吗？

即便我没有看到，我也会说我看到了。并且强调，我是亲眼看到的。我这么讲，显然出于这样一种考虑：得显示出自己的价值，如果我说没看到，我就显得毫无价值了。我不等他进一步追问，就开始描述："我又看到"的场景，同时夸张地做出各种动作：怎样拧，怎样摔倒，怎样扶起来。他所关心的焦点与那对中年夫妇不一样。他关心的是"扶"这个动作，以及扶到屋里之后的动作。

我指指自己的腋窝，说，扶在这里。

从前面扶还是从后面扶？他问。

有时候从前面扶，有时候从后面扶。

要是从前面扶的话，肯定摸着她的奶了。旁边的知青说。

枋口村人把奶子叫作妈。另一位知青说。

从后面扶，照样可以摸住她的妈。前边的那个知青补充道。

够了——会画画的知青喊了一声。他这么一喊，别的知青就闭嘴了。他脸朝向我，低声问道：扶到屋里之后呢？

这我就说不上来了。我甚至连编都编不出来。我不吭声了。别的知青显得很着急，催我快讲：说吧，看到多少就说多少，我们不会说这是你说的，不要害怕。他们还给我提示：是不是听到了什么动静？比如——

比如什么？会画画的知青反问道。别的人又不吭声了。

我编不出来，只好说：别的我都不知道了，我只知道，付校长过了一会儿，就出来了。

过了多大一会儿？一个知青又问。

吃一顿饭的工夫吧。我说。

我日付连战他妈。那个画宣传画的知青突然喊了一句。

这句话后来传开了，在那个夏天，这句话传得妇孺皆知。世上没有不透风的墙，付连战显然也会知道这个咒语，可他好像并不害怕。说来奇怪，别的人越议论他，越是宣称要"日他妈"，他好像就越高兴，越神采奕奕。他现在与白老师像一对鸳鸯似的，出入教室、校园，也一起到村里的打麦场散步、乘凉，遇到人，就停下来寒暄几句，表扬那个人的孩子，说孩子的学习有进步。他似乎想让所有人都知道，他和白老师的关系非同一般，即便还没有完成"火车挂钩"，也是指日可待了。

那些天，乔凡新一到晚上就从邻村回来了。回来之后，他在打麦场上到处乱蹿。人们当然要向这个全村最有文化的人请教问题：为什么付连战不怕人议论，故意让别人都知道他要和白知青"火车挂钩"？

乔老师的阐释听起来是非常有道理的。他的阐释大致如下：付连战的那玩意儿不管用，他乐意造出这种桃色新闻，以显得他那玩意儿是管用的，其实，他是占着茅坑不拉屎。

乔老师的话，人们通常是相信的，但他的这段话，人们却将信将疑。

不过，既然那茅坑有人占着，别人就无法再去占了，村里的妇女们因此心里很踏实。她们在听到男人咒骂付连战的时候，还要替付连战说几句好话，说付连战其实是个好人，从来没有打过学生。她们说，有时候学生把付连战都快气死了，付连战也不打学生。当然，说过这些话之后，她们也愿意讲一些付连战的笑话，借付连战欢笑一通。她们经常提到的一个笑话，因为跟我有关，我觉得最有意思。说的是付连战有一次送给白知青一只冬瓜，白知青放在那里一直舍不得吃。后来。别的知青来学校找白知青，她才把它拿出来。放到案板上一切，一泡臭水流了出来。白知青说那是付校长送给她的，是付校长亲手种出来的。他们一听这话，就恼透了。他们把切开的冬瓜还给了付连战，付连战为了证明那瓜能吃，就把它炒成菜了，而且吃得津津有味。

这个玩笑里包含有虚构的成分。据我所知，那只切成两半的冬瓜，后来扔在井边，成群的苍蝇在上面盘旋，并没有人吃它。

当时，我并没有站出来说明这个事实，所以，它以讹传讹，流传了很久。我记得有一次母亲给父亲重复了这个故事，当时，他们二人哈哈大笑。我忍不住说道，付校长并没有吃。我刚说完，他们就说：你怎么专门让人扫兴，快点滚开。

不妨来总结一下，所有跟白老师有关的故事，都是由白老师的哭引起的。白老师的哭所引起的系列故事，使枋口村人在地震的威胁之下，欢快地度过了一段让人恐惧的岁月。

正像我讲的真话（付校长并没有吃掉那只冬瓜）让父母扫兴一样（他们宁愿相信确有此事），后来，白老师讲的一段话，也让大家有点扫兴。

有一天，班上的李万龙和一帮同学去济水河游泳，李万龙差点被淹死。白老师听说之后，跑到河边，和同学们一起把他抬了回来。李万龙恢复过来之后，觉得自己不会游泳有点丢面子，就故意做出毫不在乎的样子，嬉皮笑脸，还夸张地吹口哨。白老师上去就给了他一巴掌。这一下，斜眼的李万龙就老实多了，他乖乖地坐了一会儿，然后就哭了起来。

白老师息怒之后，向李万龙道歉，说她不该打他。她的道歉，让我们每个人都觉得莫名其妙：打就打，还道什么歉？我们都在百思不得其解的时候，白老师说了一个故事。她说，她有一个弟弟，像我们这么大的时候，在游泳池里淹死了。我们都没见过游泳池，所以白老师解释说，游泳池就是用来游泳的湖，有两三个教室这么大。她说，她是在晚上和弟弟翻过墙到池子里游泳的，弟弟先下去，下去就没再上来。她说她现在想起此事，就觉得自己有罪。因为是她把弟弟领去的。说完这话，白老师就站在讲台上哭了起来。她一哭，我们也都跟着哭了。她哭得很凶，后来她捂着脸跑出了教室。

白老师讲的这则小故事，我们回去就对大人说了。他们的反应可以说是五花八门。在打麦场上，他们听过我们七嘴八舌的讲述之后，有的说，想不到白知青把弟弟害死了，这个女人不寻常；有的说她是在编故事吓学生，她的弟弟要是死的话，她就该在家里伺候爹娘，不该来枋口村；还有许多家长说，她是编故事扫大家的兴，好像她不是为了丁奎哭，她要是想哭，什么时候都可以哭，为什么非要等丁奎死了之后才去哭。最后这种说法占了上风，大家慢慢都认同了这一说法。当然，大家也都纷纷告诫自己的孩子，不要再到河里游泳。

李万龙他爹起初还说要买盒饼干去瞧瞧白老师，后来，他放弃了这一想法。他拧着李万龙的耳朵，把他拧到油灯下面，说要检查检查他的耳朵，是不是被白老师打坏了。

我们这些孩子站在一边，听着大人们在那里胡说八道。后来，被拧疼了耳朵、被拧得头晕目眩的李万龙突然扯破嗓子喊了一声：地震了——

我们全都跟着喊了起来，拼命地喊，喊得鸡飞狗跳。我们看着大人们慌作一团，像一群狗试图咬着自己的尾巴那样，在地上胡乱转圈。他们转了一阵子，想起了我们，想拽住我们，不让我们乱动，可我们全都不约而同地跑开了。大人们在背后哭着喊我们。听着那从未有过的怪腔怪调，我们在黑暗中兴奋得又唱又跳。后来，大人们不再哭喊了（他们发现并未地震），可我们还在跳着唱着。"地震"这个词给人带来一种奇妙的感觉，我们现在被这种感觉引导着，欲罢不能，只能喊叫下去。

审　　判

秋天，割完玉米正要种麦的时候，公社派人下来了，他们在村支书的陪同下，视察了济水河上的桥墩。人们都说，看来要继续修桥了。在这之前，人们都已经听说，北京铁道学院的大学生不久将要进驻枋口村，要在这里铺设铁路，架设铁路桥。既然已经把桥墩竖起来了，那架设铁路桥也就太容易了。在人们的心目中，桥墩是可以换着用的。一想到不久之后将要看到火车，人们都有点激动，做梦都要喊毛主席万岁。

人们也都很自然地回想起了那个木匠和民兵营长的老婆玩的游戏：火车挂钩。现在，人们对营长非常热情，见面老远就打招呼：喂，营长，听说火车快开来了。营长并不答话，他要把说话的力气省下来，用到老婆身上。有一段时间，营长的邻居夜里睡不好觉，因为营长老婆一旦哭起来，就像杀猪般地嚎叫。

人们都说，全村人里面大概只有李营长反对修铁路，架铁路桥。这个说法起初应该是能成立的，后来就难说了。应该把枋口村的知青也算进来，他们至少现在还是枋口村人嘛。

其实，知青们最初也是赞成修铁路的，只是后来听说要炸掉已修好的桥墩的时候，态度才有所转变。连白老师也说：这一下倒好，丁奎算是白死了。

村里现在人人都知道桥墩要炸掉了，可是不知道什么时候炸。村支书说，种完麦就炸。种完麦，这是个模糊的日期。准确地知道炸桥墩的日期是很重要的，人们已经很久没有吃过猪肉了，吃不起猪肉，都想吃点鱼肉。村支书已经说了，炸桥墩时炸死炸昏的鱼，捞上来分掉，改善改善生活。跟嘴巴有关的事，当然称得上大事，人们一提起爆炸，口水都要流出来了。

谁也没有料到，麦子还没有种完，桥墩就被炸掉了一个。那天夜晚，人们都被爆炸声惊醒了。不过，人们当初没有想到那是爆炸，人们还以为迟迟未来的地震终于来了，都赤身裸体从房间里跑出来。

第二天，人们才知道那不是地震，人们在河边看到了那个被炸了半截的桥墩。当时，太阳已经升很高了，知青们住的大院还是静悄悄的。大院里的几根鱼刺引起了人们的注意，虽然那鱼刺已经发黑，但人们还是相信那是他们昨天晚上吃鱼剩下的，并推断桥墩是他们炸掉的。失望总是难免的。失望之余，还有点气愤。事先连个招呼都舍不得打，也太不够意思了。不过，想一想还有四个桥墩立在那里，人们也就不那么生气了，毕竟还有吃鱼的机会嘛。所以，人们站在大院里，说上几句"刺把嘴扎烂"、"嘴里生疮"之类的话，就撤退了。

问题并不像他们想的那么简单，并不是烂烂嘴、生生疮就算完事的。当天下午，社员们收工之后，发现有几个知青被捆在大庙前的一排榆树上。与他们一起下地劳动的知青，经过大庙的时候，也被几个陌生人扭住了。大家都还以为是外村的知青摸进来打架的，后来听见那几个陌生人在骂人的时候操着本地口音，又看见民兵营长和村支书忙着上前递烟，就猜测他们是公社派来的。

他们确实是公社派来的。知青们在接受审讯的时候，提到了一个问题，这个问题枋口村人也很关心：为什么无缘无故，就把人抓了起来？

谁提这个问题，谁都得挨耳光。那天下午，我们一放学，就拥到了大庙。我们从人缝穿过，站在前排，咬着手指头，紧张并且津津有味地注视着那审判的场面。一个知青怯生生地提到了这个问题，别的知青立即跟着说：是啊，为什么逮我们？接着，打耳光的场面就出现了。一个腼腆的中年男人，有点不好意思似的，搓搓手，走到捆成一排的知青跟前，朝他们的脸扇了起来。他就像个厨师在翻油饼，每扇一下，知青们的脸就像油饼似的，这边翻了过去，那边翻了过来。翻过一遍之后，他捏捏自己的手指头，对坐在一边吸烟的人说："该你了吗？"

那个人把烟头在鞋底捻灭，装进上衣口袋，然后又把它捏出来夸张地扔到地上。他没有上去翻油饼。他好像有点懒（胖人好像都有点懒），坐在那里不动。李营长又给他敬了一支烟，他猛吸了几口，然后说：

"我正要问你呢。说说我为什么要逮你们。"

他把皮球踢了回来。

别以为没有人敢接这只皮球。一个头皮像鸡冠那样发红的知青，开始扭动身子，他想从绳套里挣脱出来。他没有料到，随着他的扭动，细麻绳反而越勒越紧，勒进了他胳膊上的皮肉。这位知青一边叫唤，一边说："是呀呀呀，为呀呀呀呀什么逮呀呀我们，呀呀呀呀——"

他立即又吃了一耳光。但耳光没能阻止他的饶舌，他反复地说着同一句话，同时呀呀呀叫个不停。后来，当他说到"炸呀呀桥"的时候，那个腼腆的中年人才把手收回来，笼到袖子里。这时候，人们的猜测得到了证实；逮他们跟炸桥有关，跟鱼有关。

大概也就是在这个时候，有一件事发生了。我犹豫再三，还是把它写出来吧。那个知青挨耳光的情景，使我神情恍惚。我又看到了知青进村的那一天晚上发生的事。我被父亲从床上拎了起来，连吃了许多个耳光，膝盖上也挨了几脚。当时，我的屎尿都出来了。

现在，我看见那个知青的脑袋悬挂在胸前。我有意识地往他的屁股下面看，想看看他是否也屙出来了。我什么也没有看到，这让我觉得有点奇怪。我正纳闷的时候，突然感到裤裆一热，热的东西顺着裤腿往下直流，灌进了我的鞋壳。我在挪动脚步的时候，鞋壳里就响起叽叽咕咕的声音。

那天，我没能把那场审讯看完，就提着裤子回家了。家里一个人也没有，他们都还在大庙没回来呢。很晚的时候，他们才回来。我听见他们的脚步声由远而近，赶紧往厕所跑，蹲在那里哭了起来。在我的记忆中，那是我第一次假哭，也是我第一次说谎。我听见院门响，就放声大哭。别以为我很伤心。其实我一点都不伤心，我的哭纯粹是假哭，是喉咙里发出的无意义的声音，不具备任何实质性内容。连树叶摇动的声音，也比它有意义。与此相适应，我自动地说起谎来。当他们循着哭声摸到厕所来的时候，无字的、无意义的哭声转换成了一种谎言。我对他们说：我拉肚子了，我已经拉了一天肚子了，拉的屎比尿都稀。

真正的愉快来自于他们对我的谎言的相信。当他们看着我手里的稀泥一样的东西，惊恐不安的时候，我的肚子里咕咕噜噜响了一阵，按照我的理解，那是我的肚子在替我的嘴巴发出笑声。

他们赶紧把我送到赤脚医生家里。赤脚医生家的院子里已经站了好多人，主要是学生和家长。我们的班长福贵，羊羔疯又发作了，躺在地上打滚，嘴里吐着白沫。他的父母试图按住他，可他犯病的时候，力气大得很，能把人踢出很远。过了一会儿，他嘴边的白沫变成了血沫。他安静了下来，可他的父母现在该着急了，他们急于看他的舌头，可他就是不张嘴。好说歹说，他终于张嘴了，他一张嘴，他的父母就瘫到了地上，因为他张嘴的时候，顺便把一块肉吐了出来，那是他的舌尖。在电灯照耀下，那个舌尖静静地落在土里面，他的父母捏起那个舌尖，一边哭泣，一边吹着那上面的土。

赤脚医生回来的时候，福贵他们已经走了，他们到公社医院去了。赤脚医生是和一群人一起出现在院子里的。我看见民兵营长背着一个人紧随其后，那个人拖在下面的脚，被门槛绊了一下，这么一绊，就像李营长本人被绊了一下似的，他一下子摔倒了。

压在李营长身上的人，就是那个会画画、也会背诗的知青。人们议论说，他就是炸桥的主犯。当然，他听不到人们议论，因为他已经昏死过去了。

我的父母试图把"拉稀"的儿子塞到赤脚医生身边，引起赤脚医生的注意。但他们总是无法如愿以偿。这让我很高兴。最后一次，他们成功地把我推了进去，推到了人群的中心，赤脚医生蹲在知青旁边，抬眼看到了我。这时候，我很快站到了别人的背后，逃离了父母和医生的视线。许多年之后，我还记得这个情景。由于我对它的不断回忆，它在我的记忆中，就像一粒种子，发芽、生长，渐渐具有了类似于寓言的性质。

那天，我在父母和医生的视线之外，瞧着那个知青。他躺在地上，真像个死人。他的耳朵显得很大，像白兔子的耳朵一样发红，间或抖动一下，像是对人们的议论的回应。人们说，昨天晚上的爆炸声传到了几里之外的公社大院，把公社领导都吵鸡巴醒了。人群中的李长庚马上证实了这一说法。他说，他去公社给狗偷骨头，刚拾到几根，就听到了那爆炸声，把他的腿都吓软了。

他趴在垃圾堆上，不敢动弹。过了一会儿，他听见有人在院子里喊：闹事了，有个地方闹事了，抓啊。李长庚说，他没有料到是这里出事了。说到这里，他突然自豪起来。他话锋一转，说：说起来，他也该打，他老说要地震，可地震就是不来，这倒好，我的狗现在吃骨头吃上了瘾，我隔几天就得当一次贼。他这么一说，赤脚医生就把手从知青身上抬了起来。赤脚医生朝知青踢了一脚，说：趁你还没醒过来，我先代表父老兄弟给你一脚吧。人们都笑了起来。

那个知青没有死掉。他活过来之后，被关在济水河边知青大院的一间土房里，由李营长负责看管。李营长每天像工人一样准时去上班，为了让那间房更像囚室，他要求村支书派人把那扇门修一下，改成栅栏式的。村支书把这个任务分给了知青们。知青们的话后来流传了很久，他们对李营长说：听说你们家里住过木匠，那你也算是门里出身了，门里出身，自会三分，这活儿还是你来干吧。以后，他们一见到李营长，就称他为李木匠，并且还要用两根食指配合，做出一个拉勾的手势。枋口村的典故，他们现在已能做到活学活用，枋口村人在吃惊之余，颇有点自豪：知青们是从他们手中接受再教育的，知识的长进与他们是分不开的。当然，他们也不会放过知青在引用典故时暴露出来的知识性错误，他们对知青说：李营长不能算是门里出身，他那个杂种儿子才算得上。

麦芽拱出地面的时候，公社派人来指挥炸桥了。那一天中午，还没到下课时间，铃声就响了。付连战要大家赶快列队到大庙开会，说公社领导对炸桥很重视，在大庙开动员会呢。我们不知道什么叫"动员会"，就问白老师。白老师说她也不知道，她让我们去问和她并排走在一起的付校长。付校长拉了一下白老师的胳膊说："小白，你再闹情绪，我可要批评你了。"

"我不姓白，"白老师说，"以后不要叫我小白。"

"为什么别人叫得，我叫不得，你长得确实很白嘛。"付校长说。

那天，我们还没有走到大庙，爆炸声就响了起来。那一阵巨响，把人的耳朵都快震聋了。我们都感到地在晃动，在爆炸的间隙，鸡鸣狗叫声，听起来也非常碜人，我们从来没有听见过那种声音，好像不是鸡、狗发出来似的。班长福贵和我趴在一起，他说，他现在知道什么叫动员会了，动员会就是让大家趴下的会。他说话口齿不清，我连听了几遍才听懂。

事后，全村人都很感谢公社领导，说，要不是他出面召集大家开会，那一天说不定会死很多人。村里人说的还有道理，因为那天中午，村里塌了好几间房，学校的教室也塌了一间。塌得最多的，是知青大院里新建的房，因为那里离爆炸现场最近，人畜伤亡已降到最低限度：乔福顺和一只牛犊被牲口棚砸死了，那个被关在屋里的知青，被砸酥了一条腿。除此之外，大家都安然无恙。

那个知青被送去医院之后，李营长在那间倒塌的囚室里翻出了一大包地震资料，一副扑克，一本诗集。

扑克是他自己用硬纸板裁成的，上面画着同一个女人。人们都传说那是裸体扑克，后来，我得到一张，发现并非如此。"裸体"这一说法，引起了公社方面的重视。李营长又忙着收扑克，说，谁不交，就把谁关起来。

他当然是收不齐的，因为那些扑克一下子变得身价百倍。谁都舍不得交出来。我手中的那一张，也藏得牢牢的，生怕别人看见。我把它塞在家里的一棵枣树的树洞里，四周没人的时候，才拿出来看几眼。为了安全起见，我经常变换藏的地方，后来我把它塞在学校的乒乓球台的砖缝里，每次打乒乓球的时候，我都会想到它。它虽然只是一张硬纸板，上面画的女人并不清楚，只有几根简单的线条，不仔细看，你还看不出那是个女人，但它还是成了我心中的最大的隐秘。人们都传说，那上面画的是白老师，我没有看出来，不过，自从我听到了这个传说之后，我每次见到白老师，都觉得她和扑克上面的女人越加相像了。我很想把那张扑克送给她，但一直找不到机会。她现在对学生很冷淡，一下课就钻到屋里不出来，或者回到知青点，和别的知青狂饮。他们用鸡当下酒菜，可以想象，知青点上空，经常有鸡毛乱飞，而村里的老太太们经常拄着拐杖到处找鸡。

不过，扑克我还是没留下来。物归原主，我把它还给了那位砸酥了腿的知青，即普希金。普希金是从县医院押送回来的。押到枋口村，人家就把他放了。放了他，他也跑不了，因为他现在成了独腿先生。据说他犯的罪很大，造谣说有地震，搞得人心浮动，光这一项，就可以崩他两次。更何况还有炸桥，还有裸体扑克。丢了一条腿，捡了一条命，是那条腿救了他，这是村里人的说法。

我把扑克还给他时，他正拄着双拐在河边散步。像往常一样，一见到我，他就又要模仿我的那套下蹲、站起、转圈的动作。对他来说，那套动作的难度系数突然增大了，他只能借助双拐简单地比划几下。

我拿着扑克向他走了过去，因为我把他的滑稽动作看成了对我的召唤。

朋 友 之 妻

　　怎么拍打方向盘都没用了。五月底的这个午后，暴雨过后的汉州变成了一片泽国。杜蓓很自然地想起了威尼斯。三个星期前，她刚从意大利回来。她在波伦亚大学做了半年访问学者，研究符号学。回国前夕，她还去过一次威尼斯。在发给丈夫的一封电子邮件中，她说威尼斯太美了，那些古典建筑就像水面上盛开的睡莲，映在窗玻璃上的水纹，温柔得就像圣母的发丝。她对丈夫说，要不是因为我还爱着你，哼，我才不回去呢！在另一封邮件中，她说她要向政府建议，在汉州多挖几条河，有了水城市就有了灵性。她万万没有想到几个星期后，上帝——回到了国内，或许该称老天爷了——竟以这种方式满足了她的愿望，眼下，枯枝败叶和花花绿绿的塑料袋打着漩从她的桑塔那旁边流过，向前面的铁路桥下汇集。那里地势更低，有个女人蹚水过来的时候，积水竟然一直淹到了乳房。

停在她前面的是一辆黄色面的。司机的光头伸出车窗，就像一只吊在墙外的青皮葫芦。他不停地向后看，显然想找个车缝儿倒回去。那条汗毛丛生的胳膊也悬挂在车窗之外。她隐约看见上面刺着拳王泰森的头像，她曾在电视上看到泰森的胳膊上刺着毛泽东的头像，看来偶像也有偶像。这位拳王的崇拜者也喜欢用拳头说话，眼下他就一边张望，一边捶门叫骂，意思是要和市长的姥姥做爱。"做爱"这个词在杜蓓的耳膜上停留了片刻，她立即想到了放在坤包深处的那盒避孕套。那是丈夫喜欢的牌子，"风乍起"，上面还标明是激情型的。她想起来了，丈夫当知青时写过的一首诗，名字就叫"风乍起"。

她的丈夫早年是个诗人，现在是国内著名的哲学教授。杜蓓出国前一个月，他调回了上海——他原来就是个上海知青。他和前妻生的儿子已经快上中学了，为了儿子能接受更好的教育，他把儿子也带去了上海。年底以前，杜蓓也将调到丈夫身边。她还在国外的时候，丈夫就在电子邮件中对她说，他已经快把她的调动手续办完了，"一共要盖33个章，已经盖了20多个了"。想到一个哲学家为了她每天在俗世中穿行，她不免有些感动。她回国的时候，丈夫本来要赶到北京机场接她的，可由于他招收的博士研究生要来参加复试——他说，其中确有两个好苗子，也喜欢写诗，令他想起自己的青年时代——他不得不取消了这个计划。她自己呢，因为一些必不可少的俗事需要处理，所以也没能去上海看他。如今，事情总算忙完喽。按照原来的计划，杜蓓将乘坐明天凌晨一点钟的火车赶赴上海。

光头司机再次捶门叫骂的时候，她想，骂得好，Fuck！骂得好。如果儿子没在车上，她也会骂上几句的。这么想着，她赶紧回头看了一眼儿子。儿子今年五岁了，在她出国期间，一直由退休的母亲和小保姆带着。儿子和她很生疏，她回国几周了，还没有听他叫过一声妈妈。这天，他之所以愿意跟她出来，是因为他喜欢坐车兜风——这是在儿童乐园里坐碰碰车养成的习惯。他曾亲耳听见他说过几句粗话，并为此揍过他。母亲告诉她，那些粗话都是从幼儿园学来的，这个年龄的孩子正热衷于模仿各种粗言鄙语，而且一学就会。眼下，儿子踩在后座上，好像被别的东西吸引住了，似乎并没有听见那些粗话。

"我也要坐唐老鸭。"儿子突然说。

"唐老鸭？"

透过车窗的后视镜，她看见了儿子所说的唐老鸭。那是一支三轮车队，每辆车的车篷上都画着几只唐老鸭，上面喷着一行红字：下岗工人，爱心奉献，护送宝宝，风雨兼程。三轮车司机愁容满面，车上的孩子却兴奋得哇哇乱叫。后来，当其中的一辆三轮车突然翻倒，几个孩子真的像唐老鸭那样在水里乱刨的时候，杜蓓赶紧掀动按钮，把后面的车窗关上，因为她担心吓坏儿子。但儿子不但不领她的情，反而捶着玻璃，喊着打开打开。这一次他不提唐老鸭了，他说的是小恐龙：

"咦，小恐龙，小恐龙，淹死他，淹死他。"

小恐龙们的挣扎引起了众多人的围观。和她的儿子一样，他们一个个都笑得前仰后合。她想，应该教育孩子学会爱，学会怜悯、学会尊重他人，不能让他和那些丑陋的围观者一样麻木不仁。但眼下她无法给儿子开课了，她得考虑如何把车开出这片水域，那辆桑塔那是借来的。去上海之前，杜蓓要开着它到郊区去见一个人，一个她不愿见到的女人。她名叫引弟，是丈夫的前妻。一想起引弟这个名字，她就想笑，太俗气了。她的几届学生当中都有叫引弟的，无一例外，他们的父母当初都想生个男孩。好像给女儿起上那样一个名字，他们就能够如愿以偿。引弟的父母是否如愿以偿了，杜蓓并不知道。她所知道的只是，引弟比丈夫还大一岁。据丈夫说，当知青的时候，他曾叫她引弟姐姐。

上个星期五，杜蓓首次向丈夫透露，她终于可以抽出时间到上海看他了。她原以为丈夫会喜出望外，没料到竟受到了丈夫的劝阻。丈夫说儿童节快到了，他很想见到小儿子，还是他回来算了。当她表示可以带儿子同往的时候，丈夫又说，她的调动表上还有两个空格，需要在汉州盖章，他想趁此机会把事情办了。现在想来，丈夫的最后几句话确实非常入耳，把她都感动了。他说她在国外漂泊已久，难免身心疲惫，现在最需要的是静养，总之无论依情依理，都应该是他回来看她。事情似乎就这么定了，几天来她怀着感激之情，安排小保姆拆洗被褥、打扫房间，并把自己的母亲打发回了老家，准备迎接丈夫大驾光临。她怎么也没有想到，昨天凌晨，丈夫竟然打来电话，说自己要在儿童节之后才能回来。他的理由似乎很充分，说自己突然接到通知，要出席一个重要的学术会议。丈夫嗓音疲惫，咳嗽个不停，还伴之以吐痰的声音——他解释说，因为急着准备发言材料，也因为归心似箭，他一宿没睡，烟抽多了。听得出来，他是歪在床上讲这番话的，床的咯吱声隐约可闻。

在波伦亚大学访学期间，受一些好吃懒做的女权分子的影响，她也养成了睡懒觉的习惯。但昨天早上，她放下电话就爬了起来。稍事装扮，她就打的直奔火车站。她的耳边不停地回放着丈夫的电话，以及床的咯吱声。7年前，她和他一起去云台山参加哲学年会。那时候，她还是他的研究生。会议结束的那天，他们并没有立即返回学校。那天晚上，他们第一次睡到了一起。当时她还是他的研究生，他也没有和前妻离婚。她清楚地记得，第二天早上，他歪在床头给前妻打了个电话。他告诉前妻，会议延期了。他打电话的时候，她就枕在他的胸前，用手捋着他的胸毛。他呢，一手握着话筒，一手捏着她的耳垂。她记得，当时他也向前妻提到了这个词——归心似箭。她还记得，当时她生怕自己笑出声，就翻身下床，想躲到卫生间里去。记忆之中，尽管她的动作像蝴蝶一般轻盈，但她还是非常担心，床的咯吱声会通过话筒传到另外一边。

从汉州到上海，每天有两趟车，一趟是凌晨一点钟，一趟是中午十点钟。由于临近假期，两个车次的卧铺都已早早售完了，她只好从票贩子那里买了两张，是凌晨一点钟的票。在国外访学期间，她的导师 Umberto（恩贝尔托）先生教育她要掌握所谓的"符号感知"能力，也就是"只凭动作鉴别信息"。但是，在混乱的汉州火车站广场巨幅的液晶广告牌下，尽管那个票贩子以女儿的名义发誓车票不假，她还是吃不准它的真伪。有什么办法呢，她只能祈祷它是真的。捏着那张高价车票，她一时拿不定主意，是否把这事告诉丈夫。不说吧，他肯定会把这看成偷袭；说吧，他肯定会觉得她不可理喻。

后来，她还是决定告诉他。她相信，丈夫没有理由胡搞，像她这样才貌双全的女人，他到哪里去找呢？除非他瞎了眼。如果他真的瞎了眼，那还有什么好说的？离掉就是了。不管怎么说，主动权都掌握在自己手里，根本犯不着去看对方的脸色。当初去意大利的时候，她也只是象征性地征求了一下他的意见，最后还不是由她说了算？这么想着，她都有点同情对方了。是啊，说穿了，我到上海看他，就是对他的恩赐。随即，她便想象丈夫正在出站口迎接自己。上海正是梅雨季节，所以他手中还应该有一把伞。为了与年轻漂亮的妻子相配，他还新染了头发。他的另一只手也没有空着，正挥舞着一束鲜花……这些美好的情景深深地激励了她，所以还没有走出车站广场，她就掏出手机给丈夫打了个电话。她告诉他，车票已经买了，买了两张。她说，因为她听出他在咳嗽，还有那么重的痰音，她很不放心，临时决定去看看他。这一次，轮到丈夫感动了，他说自己只是轻微的头疼脑热罢了，很快就会好的。劳夫人的大驾，他实在过意不去。

打完电话，她的心情好多了，出气也均匀了。在车站超市，她买了几条薄如蝉翼的内裤，夏奈尔牌的；她还顺便逛了逛超市里面的书店，她还意外地发现了一本新版的《朦胧诗选》，里面收录了丈夫在知青时代写的两首诗：一首《向往未来》，还有一首就是与避孕套同名的《风乍起》。她想都没想，就把它买了下来。到了晚上，她歪在沙发上翻着那两本书，同时命令小保姆给她的手指甲、脚趾甲涂上蔻丹。她睡得很香甜，连儿子尿了床都不知道。为了弥补自己的歉疚、也为了和儿子联络感情，早上起来她上街给儿子买了一套衣服，还买了一顶新式的遮阳帽，上面印着预祝北京申奥成功的五环图案——以前她总是觉得举办奥运是劳民伤财，可这会儿她觉得如果真的申办成功，她和丈夫一定以儿子的名义为奥运捐款。在超市门前的小摊上，她还看中了一把瑞士军刀。她想，见到丈夫以后，她可以告诉他那是在意大利买的，地道的瑞士货，为的是他多吃水果。但回来以后，她就接到丈夫的电话。

丈夫的声音很急切，他说早上起来，看到了邮差送来的引弟写给儿子的信。引弟和他离婚以后，调到了老家的一所乡村医院。那封信就是用医院的信封寄出的。在信中，她问过了儿子的学习和生活，嘱咐完儿子要听爸爸的话，然后说她答应儿子的要求，不久就来上海和儿子一起过儿童节。现在已经是五月二十九号，再过两天就是儿童节了。他说，看过信，他赶紧和前妻所在的医院联系，医院里的同事告诉他，引弟前两天就请了假，到汉州去了。

"她还不是想见你？"

"瞧你说的，她不恨我就是好的了。她就是想儿子。如果我没有猜错，现在她应该在汉州。为什么？因为济州没有来上海的车，她只能在汉州上车。你最好能见到她本人，劝她别来了。你可以向她说明儿子放了暑假，我就把儿子送到她身边。"

"你的引弟姐姐怎么会听我的？"

"她当然会听你的。"他说，"她善解人意。她以为你还在国外呢。如果她知道你回来了，她是不会来的。"

这句话让杜蓓很不舒服。她马上想到，她出国期间，引弟一定去过上海多次。她每次都在他那里住吗？哦，这还用问！我简直傻了，因为这几乎是肯定的。想到这个，杜蓓就想把话筒扣掉。不过，她没有这么做。稍事停顿之后，她对丈夫说："还是她看儿子要紧，我就把这个机会让给她吧。"

他显然急了，告诉她不要胡思乱想。她听见丈夫说："就算我求你了，请你看在孩子的面上，劝她最好别来。她来了，孩子心里会有波动。孩子要考中学了，搞不好会考砸的。果真如此，她的后半辈子都会难受的。你就这么给她说。"

"汉州这么大，我到哪里去找她呢？"她说。

接着他就提到了北环以北的丰乐小区。那里住着他和前妻共同的朋友。那个朋友是一家社科刊物的编辑，早年曾与丈夫一起在济州插队。她与丈夫结婚的时候，他们夫妇也曾来道贺。朋友的妻子烟瘾很大，门牙都抽黑了，也很能喝酒。当她得知朋友的妻子正怀着孩子的时候，她曾委婉地劝她少抽一点。朋友的妻子笑了，说自己是一颗红心，两种准备。过后她才知道，朋友的妻子有过两次早产，对自己能否顺利生下孩子，并不抱什么希望。那个朋友对妻子很体贴，还主动地给妻子点了一根烟。杜蓓记得，当时他们还带来了一瓶法国波尔多葡萄酒。与酒配套的那个梅花钻形状的启瓶器，她至今还保存着。丈夫调回上海时，朋友又在豪华的越秀酒家设宴为他送行。朋友的妻子没来，据说带着女儿到外地度假去了。那天他们都醉了，醉得就像餐桌上的对虾。现在丈夫告诉她，如果不出意外，引弟就住在那个地方。丈夫还说："本该由我来劝阻她的，可我的电话簿丢了，无法给朋友打电话了。"

如果不是儿子的哭声提醒了她，她都感觉不到车队已经开始蠕动了。随着哭声，她看见一群穿白大褂的医生抬着一个帆布担架从车边经过，担架上的人已被盖住了脸，无疑是死了——大概是淹死的，因为垂在担架外面的手又白又胖，就像农贸市场上出售的注水蹄膀。当然儿子放声大哭不是因为死了人，而是因为白衣天使。儿子最害怕的就是打针，看到白衣天使就像神学家看到了世界末日。与此同时，她看见一辆清障车拖着一辆警车驶了过来，掀起的泥浪足有半人之高。因为来不及关上窗户，杜蓓被飞进来的泥点溅了一身。

　　一枚棋子往往决定一盘棋的输赢。如果她当时发作了，那么她很可能要在马路上过夜了。杜蓓当然没那么傻，当她看到第二辆清障车即将驶过来，车上还架着摄像机的时候，她立即决定向它们求救。她蜷起腿，拉开车门，随时准备跳下去。同时求救的还有另外几个人，他们个子比她高，嗓门比她大，但清障车最后注意到的却是她。这自然是她的风度、美貌和微笑起了作用。拦道之时，她挥手的姿势就像在讲台上随着妙语而打出的手势，就像对镜梳妆时的理鬓动作，有一种说不出的优雅和从容。还是那个摄影记者说得好："夫人，你的镜头感太好了，既显示了市民良好的道德风范，又显示了警民一家的和谐关系。"

　　记者们虽然以善说假话著称，但此刻人家显然说的是心里话。她甚至想到这个小脸蜡黄的记者对符号也熟知一二，知道如何"通过动作捕捉信息"。当交警开着清障车，将她的桑塔那拖出去的时候，摄影记者不惜跳进水中，以便透过车窗捕捉她的一颦一笑。来到浅水区以后，记者还提醒她晚上别忘了打开电视，因为她将在《晚间新闻》中出现。

　　她的车早已熄火了。在清障车上的交警的帮助下，她才将桑塔那重新发动起来。随后，交警坐在副驾驶的位置上，又和她聊了一会儿。由于在她身上花费的时间太多，那个交警还犯了众怒。虽然汉州的交通部门规定，进入市区的车辆不准鸣笛，但此刻它们却不吃这一套，响亮而混乱的笛声甚至盖过了天上的雷鸣。她不是聋子，当然能听出其中的示威意味。当她开着车逃离现场的时候，她将路边的一棵无花果树都撞歪了。脑袋伸在车窗之外的儿子，也被无花果树的枝条划破了眉头。儿子顿时哭了起来，可因为急着逃离，她没有理会他。丈夫曾带她来过北环以北，而且不止一次。她还记得，小区的中部是个铁栅栏围起来的幼儿园，孩子们一天到晚叽里呱啦。幼儿园的铁门就对着朋友家的门洞，很容易辨认。如今，幼儿园已经不知去向了，代之而起的是一家肯德基快餐店。店前的台阶上站着一个白胡子外国老头的塑像。乍看上去，他与汉州大学草坪前的那尊毛泽东塑像有点相似，因为他们都拎着帽子。儿子一见他，就喊了他一声毛爷爷。她告诉儿子那不是毛爷爷，儿子就问不是毛爷爷是谁。这倒把她难住了。如果她说那是肯德基快餐店的象征符号，儿子一定认为她说的不是人话。她灵机一动，说他是做烧鸡的，做的烧鸡名叫肯德基。

"我要吃鸡。"儿子说。

"待会儿买给你吃。"杜蓓说。

"我要吃鸡。"

"吃个屁。"

"妈咪才吃屁屁。"

这算哪门子事啊？好不容易叫了我一声妈妈，却是让我吃屁。她恼羞成怒，恨不得扇他一耳光。但她忍住了，将他从后座拽了出来。直到这个时候，她才发现儿子的眉头有一个凝结起来的小血球，硬硬的，摸上去就像个樱桃。她一时想不起来他是在什么地方划伤的。儿子似乎已经忘记了疼痛，他看着快餐店，伸出粉红色的舌尖，舔着自己的嘴唇。唉，儿童的内脏就是他的道德法则，除了满足他的要求，她似乎别无选择。她只好蹚水走到快餐店，为他买了一只炸鸡腿。儿子啃鸡腿的时候，她非常后悔带他来到这里。但为了能在即将到来的会面中获得儿子的配合，她还是弯下腰来，吹了吹他眉头上的伤口。

"乖乖，还想吃什么？只要听话，妈咪什么都给你买。"

杜蓓又给儿子买了一袋薯条。她捧着装满薯条的纸袋站在快餐店门口，向食客们打听朋友所住的那个门洞。后来，她把儿子拉到了一个门洞跟前。她的裙子的下摆已经湿透了，脚趾上的蔻丹只留下了斑斑点点，好像趾甲壳里出现了淤血。她的那辆桑塔那眼下停在快餐店旁边的一块高地上，她看见有几个毛孩子正在车边追逐，一块泥巴准确地砸向了车窗玻璃。看着那些打闹的孩子，她心中的懊恼更是有增无减。她一只手扯住儿子的衣领，一只手掏出了手机。她想给丈夫打个电话。至于该给丈夫说些什么，在看见自己裙子下摆的时候，她已经飞快地想了一遍。她要对丈夫说："对不起，亲爱的，因为道路的阻隔，我没能见到你的相好。"但是电话占线，一直占线，似乎永远占线。她再次想起了丈夫歪在床头打电话的情形。

后来，她听到有人在叫她的名字。朋友就站在门洞的台阶上，腰间裹着围裙，像饭店的厨师。拉着他的围裙躲在一边的那个小女孩，应该是他的女儿。女孩的脑袋从父亲的腋下钻出来。看看杜蓓再仰头看看父亲，同时还用脚撩着台阶下的雨水。朋友蹲下来，对女儿说："快，带弟弟玩去。"女孩吐了一下舌头，重新缩到了父亲的腋下。杜蓓甚至感受到了女孩的敌意。她后悔没给女孩带礼物。想到这里，她很快从头上取下一只发夹。"来，阿姨送给你一样东西。"她把女孩拉到身边，"好看吧，这是阿姨从国外带回来的。"她没有说谎，那真是从意大利带回来的，是她在罗马天主教堂前的一个小摊上买来的，上面还镂刻着圣母的头像。取掉了发夹，她的头发像瀑布一样披散了下来。好，挺好，朝气蓬勃，这正是现在她所需要的效果。

"快谢谢阿姨。"朋友对女儿说。

女孩抿着嘴，一扭头，跑了。儿子也跑了，他蹚着水，亦步亦趋地跟着女孩，跑向了不远处的一大片水洼。看着两个孩子跑远了，朋友才回过来对她说，他在楼上看见她了，起初还以为看错了人，没想到真的是她。他说："大小姐冒雨前来，是否有要事相告？"

"瞧你说的，没事就不能来吗？"她说。

朋友笑着，但笑得有些尴尬。虽然雨点不时落到他们身上，但他似乎没有请她上楼的意思。她突然想起了一件小事。结婚以后，有一次丈夫偶然提起，只有一个朋友对他们的婚姻持有异议。她揪着他的耳朵逼问他那人是谁，说走了嘴的哲学家只好把眼下正陪她上楼的这位朋友供了出来。她说，她对此并不在意，因为他是引弟的朋友，自然要为引弟鸣不平。丈夫说："不，他可不是这个意思。他的意思是说，既然你和引弟的婚姻是个地狱，那么你为何要从一个地狱走进另一个地狱呢？还不如做情人算了，就像萨特和波伏娃。"他娘的，这话怎么那么别扭？她虽然也是波伏娃的崇拜者，可她知道那只是个特例。她喜欢这样一句话：如果说婚姻是个坟墓，那么没有婚姻，我们将死无葬身之地。喜欢它，没有别的原因，只是因为它俏皮可爱。当时，她想把这句话说给丈夫，但转眼间丈夫就鼾声雷动了。

"杜小姐可是越来越漂亮了。"朋友说。

"谢谢。"她歪着头说道。在丈夫的同代人面前，她喜欢摆出一副少女的姿态。她知道这样最能赢得他们的好感。"你不想请我上楼吗，我都快淋透了。"她说。她说的没错，他们说话的时候，发梢上的水正顺着脖颈流进她的乳沟。那水带着寒意，使她的整个胸部都感受到了它的刺激。她甚至感到乳头都变硬了，硬得就像……就像什么呢？哦，想起来了，就像儿子眉头上的那粒樱桃。

在杜蓓的记忆中，朋友家里整洁得就像星级宾馆的套间，而且总带着淡淡的药水味。朋友的妻子和丈夫的前妻引弟一样，当年都是赤脚医生。对她来说，"赤脚医生"是一个陌生的概念。她第一次听到这个词时，莫名其妙地想到了游方僧人——既乞求别人的施舍，又为别人治疗。经过丈夫的解释，她才算明白她的理解谬之千里。后来在意大利，有一次她和当地的姑娘正光脚散步，并用脚趾逗弄草坪上的鸽子，突然又想到了赤脚医生这个词，心中不免泛起淡淡的醋意。她为自己没能拥有丈夫的过去，而感到遗憾。

　　她还记得，朋友家的客厅挂着一幅油画，上面画着夕阳中的泡桐、花椒树、麦秸垛和田野上的拾穗者。泡桐下的花椒树正开放着圆锥形的小花，但麦秸垛上面却覆盖着几块残雪。而那个拾穗者，一个裸体的女人，此时正手搭凉篷眺望天上的流云。她的屁股那么大，就像个澡盆。她曾指出这幅画在时间上的错误，但朋友的妻子说，这就是他们对往事的记忆："这是一种错开的花，有一种错误的美。"丈夫说，花椒树是他让画家画上去的。"当时，我肚子里有很多蛔虫，瘦得像一只豺。要不是灌了花椒水，我可能就活不到今天了。"丈夫还告诉她，画的作者毕业于中央美院，当年也曾和他们一起插队，后来又插到美国去了，这是他出国前的最后一幅作品。她想起来了，她曾在超市的书架上看到过他的画册《广阔天地》。

　　错开的花！她每次来，都要看它两眼。可眼下，它却去向不明，光秃秃的墙上只剩下几个钉子，并排的两个钉子之间，还织着一张蜘蛛网。上面的一只蜘蛛已经死了，但仍然栩栩如生。在另一面墙上，贴着许多邮票那么大的卡通画。朋友告诉她，这些卡通画是他为女儿贴上去的。他每次吃完方便面，都要把方便面盒子中的卡通画留下，贴到墙上去。听他这么一说，她也看出来了，儿子房间里也贴有类似的卡通画。几天前，她还看见儿子从盒子里取出卡通画，就把方便面扔进了垃圾桶。

　　垃圾桶，眼下她就看见了一只垃圾桶。它就放在门后，里面的西瓜皮堆得冒尖。当朋友问她想吃西瓜还是桃子的时候，她连忙摆了摆手，说她什么也不想吃。

"怎么？就你一个人？"她问。

"还能有谁？"他说。

"你夫人呢？"她本来想问引弟的。可话到嘴边，她却绕到了人家夫人身上。本来只是随便问问，没想到却引来了朋友的长嘘短叹。朋友叹了口气说："她得了乳腺癌。"

尽管她迫切地想知道引弟是不是在这里，以证实丈夫没有撒谎，但出于礼貌，她还是应该安慰一下朋友。她从茶几上拿起一只桃子，一边削着桃皮，一边对朋友说，美国有两位总统夫人培蒂·福特、南希·里根都得过这种病，大财阀洛克菲勒的夫人哈琵也是如此。它就像月经不调一样，只是一种常见的妇科病，没必要放在心上。就在她这么说的时候，她突然想到了语言学上"能指"与"所指"的关系问题。如果说婚前女人的乳房是个能指，那么婚后它就变成了所指，它的乳头就像鼠标似的直指生育。现在乳房要割掉了，那该如何称呼它呢？她想，等见到了丈夫，可以向丈夫讨教一下。她把削好了的桃子递给朋友，然后又拿起了一只。她说："有机会我一定到医院陪陪她。别担心，只要没有扩散，什么都好办。"

"她死了。"他说。

一时间，她感到自己的舌头都僵住了。当她略带掩饰性地去将头发的时候，桃汁刚好滴到她的颧骨上。为了显示自己的震惊，她没有擦掉它，听任那甜蜜的汁液顺脸流淌。她听见朋友说，上个月，他和一个朋友在黄河公墓为妻买了一块墓地。说到这里，他迟疑了片刻，然后说："我说的那个朋友，就是引弟。"他说，遵照亡妻的临终嘱托，他和引弟在亡妻的墓前栽了一株泡桐，一株花椒。插队的时候，为了改天换地，他们把丘岭上的花椒树都砍光伐净了。第二年春天，为了抵御突然刮起的风沙，他们又在田间地头栽种了许多梧桐。他和妻子就是在砍树种树期间相爱的。他说，有一天他又梦见了妻子，梦见泡桐的根须伸进了妻子的骨灰盒，把酣睡的妻子搞醒了。

　　他说得很自然，就像在转述别人的故事，就像呼吸，就像咽唾沫。正是他的这种语气，多少打消了她的不安。她的目光又投向了那面墙，那面原本挂着油画的墙。朋友注意到了她的目光，但许久没有说话。就在她想着谈话如何进行下去的时候，朋友突然咬了一口桃子，咔嚓一声。她听见朋友说："引弟从墓地回来，顺便把它带走了。记忆越美好，你就越伤感。这桃子什么品种，这么脆。唉，引弟是担心我触景生情，永远走不出过去的影子。"

　　"她还真是个好女人。"她说，接着她故作轻松地问道，"你最近见过她吗？其实，我也很挂念她。"

　　"巧得很，她刚从这里出去，很快就会回来。"朋友说，"你要是不急着走，待会儿就能见到她。杜小姐，她对你没有怨恨。你的引弟姐姐有一颗圣洁的心。"

　　圣洁！杜蓓从来不用这个词。它生硬、别扭，像从墙上鼓出来的砂礓，还像……还像朋友亡妻乳房的那个硬块。尤其是在这个场合，她更是觉得这个记号有一种令人难堪的修辞效果，但不管怎么说，她总算证实了丈夫没有说谎。够了，这就足够了，至于别的，她才懒得理会呢。她拿起一只桃子，愉快地削着上面的皮。她削得很薄，果肉是白里透红，给她一种视觉的愉悦。桃汁带着些微的凉意，光溜柔美。但是，一只桃子还没有吃完，她的喜悦就变成了焦虑：我该如何劝说引弟放弃上海之行呢？

"她来汉州，有什么事要办吗？我或许能帮助她。"她说。

"她是来送还女儿的。办完了丧事，她把我女儿也带走了。孩子当时夜夜惊梦，要不是给她照看，说不定病成什么样子呢。"

"你说的事我一点都不知道。在国外的时候，我经常想起你们。一回国我就想跟你们联系，可怎么也找不到你的电话。过两天，我请你和孩子到家吃饭。我现在能做一手西餐，牛排做得最好，罗宋汤也很地道。"

"好，我一定去。可是，"他话题一转，开了一句玩笑，"我现在是条光棍汉，我们的诗人不会吃醋吧。诗人们天性敏感，比超市里的报警器还要敏感。"他大概觉得这个比喻的独到，说着就笑了起来。看到朋友可以开玩笑了，杜蓓也放松了。她也顺便开了个玩笑："你要是带上女朋友，我会更高兴。"

窗外传来了孩子们的欢叫。杜蓓隐隐约约听出，其中也有儿子的声音。当朋友穿过卧室，往阳台上走的时候，杜蓓也跟了过去。她看到了儿子和朋友的女儿，一个中年妇女正领着他们在肯德基门前的积水中玩耍。杜蓓一眼就认出了她。没错，她就是丈夫的前妻引弟。引弟两手拎着塑料袋，正躲闪着两个孩子的追逐。而当他们弯腰大笑的时候，引弟又小心翼翼地接近他们，然后用脚撩起一片水花。

朋友的脑袋从阳台伸了出去，出神地看着这一幕。快餐店的灯光照了过来，把他的手和鼻尖照得闪闪发亮。后来，杜蓓看见两个孩子主动把引弟手中的塑料袋接了过来。朋友正夸着孩子懂事，两个孩子突然跑进了快餐店。杜蓓还看见女孩又从店里跑出来，把已经走到门口的引弟往里面推，她的儿子也没闲着，又蹦又跳地把引弟往门里拉。隔着快餐店的落地玻璃窗，杜蓓看见引弟替他们揩干了椅子，又用餐巾纸擦拭着他们的手和脸。那个女孩一只手吊着引弟的脖子，一只手和男孩打闹。看到这和谐的一幕，杜蓓忽发奇想，这位朋友和引弟结成一家，不是天作之合吗？再说了，如果丈夫的前妻有了归宿，不光她去了一块心病，丈夫也从此可以省心了。想着想着，她就从朋友的神态中看到了他对引弟的爱意，而且越看越像那么回事。是啊，瞧他一动不动的样子，简直就像堕入情网的痴情汉。

杜蓓原以为他们吃完饭再上楼的，没想到他们很快就上来了。见到她站在门边，引弟并不吃惊。"帮我一下，手都快勒断了。"引弟说。杜蓓来不及多想，就把那两个塑料袋接了过来。那一瞬间，她碰到了引弟的手，就像碰到了异性的手一样，感觉有一点烫。几年不见，引弟头发花白。如果她们并不相识，她或许会叫她一声阿姨。

　　引弟又买了两只炸鸡腿，说是给两个孩子买的。杜蓓立即用食指戳了一下儿子的前额，说："你不是刚吃过吗？真是个小馋鬼。"她本来要说儿子"没出息"的，可临了还是换上了"馋鬼"这个词，因为它像个昵称，能揭示出母爱的性质。她看见儿子的眉头有一道口红式的印记。怎么回事？她瞟了一眼引弟，想看看她是否涂了口红。她没能看清，因为引弟正低着头，从塑料袋里掏东西：衣服，洗漱用具，画夹，球鞋，药品……。球鞋和画夹显然是给她儿子捎的。引弟的儿子喜欢画画。杜蓓想起来，她和丈夫结婚那年，丈夫曾把那个儿子接到汉州过元旦。短短一天时间，那个孩子就把刚粉刷的墙壁画得乌七八糟。她在一边生闷气，但丈夫却为儿子感到自豪，称它们为"作品"，说那些"作品"让他想起了原始洞穴里的精美壁画。现在想起这些，她还是有些不愉快，肚子里鼓鼓的，好像有屁。她无处撒气。要撒也只能撒到儿子头上。于是，她揪着儿子的耳朵，说："男子汉怎么能涂口红呢，还涂得不是地方，不男不女的像个什么样子。"但说着说着，她就意识到那不是口红，而是药水。她想起了下午扫进车窗的无花果树的枝条。就在这时，她听见引弟说："孩子的眉头磕破了，"引弟放下手中的袋子，掏出一瓶碘酊走过来，转动着儿子的头，"再让阿姨看看。"儿子很听话，乖乖地把脸朝向灯光。引弟夸他一声勇敢，他就蹦了起来，差点把那瓶碘酊拱翻在地。引弟按着他的头，笑着说："跟你哥哥一样，都是顺毛驴。"她所说的"哥哥"当然是指她和前夫生的那个儿子。

"可不是嘛。"她只好附和了一句。

但说过这话她就没词了，为了不至于冷场，杜蓓就去逗朋友的女儿。现在，那女孩正含着手指偎在引弟的身上，并且蹭来蹭去的。女孩没看她，也没看引弟，而是眼巴巴地看着自己的父亲。而那做父亲的，似乎承受不了女儿的目光，盯着地面看了一会儿，转身进了厨房。女孩紧跟在后面，也跑进了厨房，并且用脚把门"砰"的一声关上了。女孩子的心事，永远是个谜。可那是个什么谜呢？她猜不透。她又想起了刚见面时，女孩那充满敌意的目光。现在，这女孩似乎有要事和父亲谈，不想让外人听见。现在客厅里只剩下了杜蓓、儿子和引弟。这应该是谈话的最佳时机。杜倍正想着怎样开口说话，厨房里突然传来一阵哭声。先是嘤嘤哭泣，像蚊子叫似的，接着变成了抽泣，就像雨中蟋蟀的鸣叫。

"你看这孩子。"引弟说着，就朝厨房走去。可以听出来，是女孩堵着门，不让父亲开门。可是，当父亲把门打开的时候，女孩却又一下子扑了过来，像吃奶的孩子似的，直往引弟怀里拱，拱得引弟一直退到电视机跟前。后来，引弟弯下腰，咬着女孩的耳朵说了句什么，女孩立即仰着脸说：

"大人要说话算话，不能骗人。"

"当然算话。"引弟说。

"谁骗人谁是小狗。"女孩说着，泪又流了下来。

"我要小狗，我要小狗。"儿子边喊边蹦。她对儿子说，楼下有人，不敢乱蹦，但儿子却不吃她这一套，蹦得更高，喊得更响。

她实在忍不住了，便蜷起手指朝他的脑袋敲了一下。她敲得有点重了，她自己的手都微微有些发麻。儿子终于捂着脑袋放声大哭了起来。她推着儿子的后脑勺，要把她送到门外去。在家里的时候，他就最怕这个，漆黑的门洞总是能让他的哭声戛然而止。但此刻，他却迅速地挣脱了她的手，藏到了女孩的身后。当女孩被他逗笑的时候，他自己也傻乎乎地笑了起来。

"看孩子可真是一门学问。"杜蓓说。

"他跟他哥哥小时候一样顽皮，男孩都这样，大了就懂事了。"

"还是你有办法，我看你只说了一句，孩子就不哭了。"杜蓓说完，还没等引弟回答，就把那女孩拉到身边，问阿姨刚才给她说了什么。女孩双手合在胸前，像是祈祷，泪眼中满是喜悦，说："阿姨说了，不会丢下我的，要带我到上海去。那里的生煎馒头最好吃。"

女孩再次向厨房跑去，她要把这个天大的喜讯告诉父亲。这次，那丫头还没有敲门，门就开了，做父亲的端着盘子站在门口。女儿就拉住父亲的裤子，呱呱地说个不停。杜蓓还看见女孩从口袋里取出了那只镂刻着圣母像的发夹，把它献给了引弟，还要引弟阿姨戴上给她瞧瞧。现在就戴。

那一桌子菜其实早就做好了。杜蓓想起下午见到朋友时，朋友腰间就裹着围裙，像个大厨。她明白了，这是在给引弟送行。她再次从朋友的眼神中，看出了爱意，对引弟的爱意。这是杜蓓的意外收获。她又想起了那个美好的结局：朋友和引弟配成了一对。从此刻开始，她在心底里已经把引弟看成了朋友之妻。她甚至想到，届时，她和丈夫一定来参加他们的婚礼。当初，朋友不是送给他们一瓶波尔多吗。作为礼尚往来，她可以送给这对新婚夫妇一瓶路易十三。那是她从国外带回来的，本来是想放在结婚纪念日和丈夫对饮的。

"你一点都没变。看到你，我真的很高兴。"她主动对引弟说。

"老了，头发都白了。"引弟说。

"老什么老？不老。晚走一天，去染染头发，保管你年轻十岁，跟少妇似的。"朋友一边给她们斟酒，一边说。

"现在去染还来得及。你坐的是哪一次车？别担心误点，我开车去送你。"杜蓓没想到自己会这样说。所以话一出口，她便暗暗吃惊，好像自己主动放弃了上海之行。她随之想到，引弟到上海去，一是看望儿子，二是要把这事告诉前夫和儿子，让他们别再为她操心。或许过上一会儿，朋友就会向她宣布他们的婚事，并要求得到她的祝福。果真如此，我这次不去上海又能有什么损失呢？连一根毛的损失都没有。退一万步说，即便引弟和丈夫再睡上一次，又能怎么样呢？说穿了，一次性爱，也不过就是几分钟的摩擦，几分钟的呻吟，而且可以肯定那是最后一次了。她想，按理说，眼前的这位陷入了爱情的朋友应该比我更在乎。现在人家不在乎，我又何必斤斤计较呢？杜蓓越想越大度。为朋友斟酒的时候，她瞥见了自己指甲上的蔻丹，立即觉得它有点刺眼。是的，她为自己临出门时又是化妆又是借车的举动，感到幼稚、羞愧。所以，她紧接着又说道："那车不是我的。我是听说你来了汉州，特意借了一辆车。我想天气不好，你赶火车的时候，刚好用得上。"这么说着，她突然想起来，她开车出门的时候，天还没有下雨呢。

"是今晚的车。"引弟说。

"如果我没有记错的话，是后半夜一点钟。"杜蓓说。

"一点十五分。"

"我开车去送你。"

"太谢谢你了。"引弟说，"我还担心你误会呢。我可不想扰乱你们的生活。担心影响你的心情，我本来想吃完饭告诉你的。既然你都已经知道了，我就全说了吧。我要到上海看儿子。一来我放心不下，二来孩子想见我。他说不见到我，晚上总是失眠。我本来不想去的，可孩子要考中学了，睡不好可不行。我知道他爸爸很疼孩子，可你知道，男人总是粗枝大叶的。孩子在信里说，爸爸给他买了一双球鞋，整整小了两码。这不，我又买了一双。孩子说了，那双小的可以留给弟弟穿。"说到这里，引弟拍了一下男孩的脸。"哥哥送你一双球鞋，高兴吗？"

"还不快点谢谢哥哥。"还没等儿子有什么表示，杜蓓就说。

"哥哥？哥哥藏在哪里？"男孩四下张望着。

"哥哥在上海呢。"

"我就要去上海了，和阿姨一起去。"女孩说。

"我也要去，我要上海里游泳。"男孩说。这句话把三个大人

都说笑了。女孩严肃地指出了男孩的错误。她说:"笨蛋,上海不
是海,上海是做生煎馒头的地方。"

女孩把她们逗得乐不可支,但当父亲的却没有笑。他走神了,
似乎没有听见女儿的妙语。他先是举杯感谢两位朋友"光临寒
舍",然后又用开玩笑的口吻说:"这里已经很久没来女人了,现
在一下子来了两个,我真是有点受宠若惊。"引弟立即骂他贫嘴。
那是一种嗔怪的骂,是两个有着共同历史、共同记忆的男女的打
情骂俏,如同一朵花开放在博物馆的墙缝之中。

"要不,你也带上孩子一起去?"引弟说,"刚好是儿童节,
你可以带着孩子在上海玩几天。他一定盼着你去。"

杜蓓瞥了一眼沙发上的那个坤包。她高价买来的那张卧铺票,
此刻就躺在它的最里层。如果她不假思索,顺口说出这个真相,
那么整个事件将会朝着另外的方向发展。但她却在张口说话的一
瞬间,将这个事实隐瞒了过去。她想起了前天早上接到丈夫电话
的事。她是因为怀疑丈夫的不忠,才产生了奔赴上海的冲动,而
她之所以会有那样的怀疑,正是因为她与眼前这个女人的前夫,
在云台山的宾馆里有过那样的情形。

"我去上海的机会很多,这次就不去了。"她说。

与此同时,她又想到了另外一种可能:说不定,自己正中了
丈夫的圈套。丈夫名义上让我劝阻他的前妻,其实是要我给他的
前妻让路。他比谁都知道,如果引弟已经买好了车票,像我这样
有身份有修养的人是张不开口的。也就是说,他真正想见的不是

我，而是他的前妻。Fuck，我怎么现在才想到这一点。朋友劝杜
蓓喝酒，杜蓓没有谢绝，但表示自己只能喝几杯。现在，她所说
的每一句话都像是肺腑之言。她对朋友说："待会儿，我还得开车
去送大姐呢。"她称引弟为大姐，把引弟感动得就要流泪了。她还
埋怨自己以前不大懂事，伤害了大姐，如今想起来就后悔不迭。
当引弟说那怨不得她的时候，她站了起来，朝引弟鞠了一躬，指
着朋友说："不怨我怨谁？还能怨他不成？"引弟赶紧拉她坐下，
可她却坚持站着。连儿子都觉察到了她的异样，看她就像看一个
陌生人。儿子搬着椅子离开了桌子，和朋友的女儿一起看电视去
了。杜蓓接着说，今天早上，她才得知大姐要去上海看儿子，她
立即感到，大姐之所以母子分离，全是因为她。她虽然很想补偿
一下心中的亏欠，但还是觉得面子上过不去。后来，经过一番激
烈的思想斗争，她终于战胜了自己，觉得无论如何应该来拜访
大姐。

"小妹——"引弟叫了一声。

朋友也被她的话感动了，是真正的感动。点烟的时候，他竟
然把香烟拿反了。后来，他猛抽了两口，然后坦白当初自己曾反
对过他们结婚。朋友请她原谅，并罚了自己一杯。他说，现在看
来，他当初的认识过于武断了。

"什么认识？说说看。"杜蓓笑着问朋友。

朋友就责备自己，说他当时糊涂啊，觉得她只适合做情人，
不适合做妻子。杜蓓笑了起来。看到她笑，朋友便如释重负一般，

长吁了一口气。引弟再次用那种嗔怪的语气说道："看看这些男人，真是一肚子坏水，怎么能这样议论一个女孩子。"引弟的话表明，她现在已经开始维护小妹的权益了。但杜蓓承认了朋友的说法。她说"你说得对，我确实不适合做妻子。和大姐相比，我确实不称职。为此，我汗颜不已呀。"

"小妹，你不要责备自己，你其实不了解内情。"引弟说。这句话她显然是鼓足勇气说出来的。说过以后，她还有些不适应，不停地摇了摇头。尽管杜蓓和朋友的眼神都明白无误地鼓励她把话讲完，但她还是笑着摆了摆手，不想再讲。如果没有杜蓓的诱供，她可能真的不会再讲了。杜蓓说的是："你讲吧，和自己的小妹，还有什么好隐瞒的呢？"引弟看了看朋友，又拍了拍杜蓓的手背，然后才说：

"你们知道，他是诗人脾气，追求的是有激情的生活。日常的生活他是过不下去的。他说了，那样的日子里没有爱，有的只是忍受。他担心这样下去，会失去爱的能力。我听不懂他的话，总是以为自己做错了什么。他是喜欢女孩子的，我就想，是不是我生了男孩，惹他不高兴了。好像也不是。他还是很爱孩子的。不然，后来他也不会把孩子接到上海。你们还记得吧，几年前，报纸上说，四川大熊猫保护区的竹子开了花，成片枯死，熊猫都饿坏了。他看过报纸，就怎么也睡不着。连夜写了一首诗，一首很长的诗，号召人们捐款救助大熊猫。我担心他写累了，给他沏了一杯茶，可他却说我把他的思路打乱了。"说到这里，引弟笑出了声，不是自嘲，也不是嘲笑前夫。如果用她的名字来打个比方，那就像是在谈论弟弟的一件趣事似的。她说："我当时就想，怎么？我还不如一只熊猫吗？天还没亮，他就把诗送去了广播电台。当天就播出了，报纸上也登了，整整一版。发的稿费，他全都捐给了大熊猫。是我和他一起去捐的，对了，还有儿子。在路上，我就对他说，我看出来了，你是在和我闹。你说你生活中没有了爱，那是假的，你不是还爱着大熊猫吗？我这么一说，他就停在一棵悬铃木下面不走了。孩子在他肩上闹，他听任他闹。他不看我，而是盯着悬铃木树上的果球。他说，我说的是爱情。我和你没有了爱情，只剩下了感情。他把我说得迷迷糊糊的。夫妻间的感情不就是爱情吗？他说不，不是的。他请我相信，他并没有爱上别的女人。我相信他。他确实没爱上别人。"

杜蓓打断了引弟。她现在已经没有一点心理障碍了，想说什么就说什么、换句话说，就是肚里有屁，想放就放，她想告诉引弟，那个时候，她和他已经爱上了。她对引弟说："大姐，他可能真的在骗你，那时候，我和他已经好上了。

"不，那时候你还没上研究生呢。你和他什么时候好上的，我都清楚。云台山宾馆，你们是第一次吧。这我都知道还是他告诉我的。我说了，他并不隐瞒我。说到你，其实你第一次到家里来，我一见他看你的那种眼神，我就知道他动心了。好多时候，我比他肚子里的蛔虫还知道他。小妹，说来也是大姐的不对，那时候要是我提醒提醒你，你或许——"引弟说着，又摇了摇头："不过，我知道他迟早会爱上别人的，只不过碰巧是你，当然，你是个好人、比我有学问，我应该替他高兴，当然我也难受过一阵。可后来，还是我主动在离婚书上签的字。签完字，我跑到这里哭了一场，"她指着朋友说，"不信你问他，当时他们夫妇俩也和我一起哭，可哭完就过去了。小妹，现在我是你的大姐了，我就实话说，你和他要是不幸福，我就会很揪心。为你难受，也为他难受。在这个事情上，我是有责任的。小妹，你知道我是个医生。有时候，我就觉得，你们的爱情就像我接生的婴儿，我和婴儿的父母一样、盼孩子平平安安，健康成长。"引弟说话的时候，朋友一直在自斟自饮。杜蓓想，大概引弟的讲述，让他感到了不舒服，因为引弟在话语之间还是流露出了对前夫的爱。杜蓓想，其实最有理由不舒服的是自己，但奇怪的是，自己并没有这种感觉。杜蓓现在有的只是一种冲动，她很想告诉引弟：刚才你所提到的那种厌倦，其实我也有；在出国以前，那种厌倦就像鬼神附体一样，附在了我的身上。不同的只是，那个时候是丈夫厌烦引弟，而出国前是我厌烦丈夫，而这正是我出国访学的真正原因。但面对眼前这个被自己称为大姐的女人，杜蓓心软了。她意识到，如果自己说出这个真相，引弟一定会难以承受，因为引弟会觉得自己当初的牺牲毫无价值。

"你想得太多了，反正是他对不起你。"朋友对引弟说。他喝得有点多了，一句话没说完，就打了两个酒嗝。引弟把他的酒杯夺了过来，反扣到了桌子上。虽然桌子上还有杯子，但朋友却像孩子似的要把那只酒杯夺回来。他们互相拉扯，越来越像孩子的游戏，越来越像夫妻间的打闹逗趣。杜蓓想起自己刚结婚的时候，也曾用这种方式劝丈夫不要贪杯。其实当时还沉浸在幸福中的丈夫并不贪杯。那时候他柔情似水，既有着哲学家的理智，又有着诗人的激情。她曾看过丈夫的一篇短文，说的就是醉酒。里面的句子她还记得：醉酒是对幸福的忘却，是祈祷后的绝望，是酩酊的灵魂在泥淖中的奄奄一息。他说，他即便喝醉了，那也只是"有节制的醉"。Sobria ebrielas，有节制的醉！她掌握的第一个拉丁文，就是在那篇文章中学会的。丈夫说，有节制的醉是一种胜景，就像爱情中的男人在血管贲张之后的眩晕……但后来，等他真的贪杯的时候，她却懒得搭理他了。想起来了，她只管过一次。她把剩余的几个酒杯全都扔进了垃圾桶。眼下，她看见引弟在重复她的动作。她还看见，为了让引弟松手，朋友夸张地做出用烟头烫她的架势。而引弟呢，一边求饶，一边把杯子藏到了身后。她还把杜蓓也拉了起来。瞧她的动作有多快，杜蓓还没有做出反应，她就把杯子塞到杜蓓的手心。

"我只喝到了五成，喝醉还远着呢，不信你问她。"朋友对杜蓓说。他说插队的时候，他们个个都是海量。当时喝的都是什么呀，凉水对酒精。冬天寒风刺骨，他们只能用酒暖身，一喝就是一碗，然后照样砍树的砍树，挖沟的挖沟。日子虽苦，但是，与天斗与地斗，其乐无穷呀。说到这里，他出其不意地把酒杯从杜蓓手里夺了过来。他的指甲一定多日未剪了，有如尖锐的利器，把杜蓓的手都抓破了。她指甲上的蔻丹，也被他划出了一道白印。

　　杜蓓以为引弟会看出她的伤口呢，但是没有，朋友也没有。在打闹的间隙，他们都被什么声音吸引住了。那是一阵风声，并伴着孩子的尖叫。它们全都来自电视。此时，电视正播放着关于儿童的专题节目，介绍的是世界各地的儿童会如何度过他们的节日。现在出现的是一片沙漠，沙粒在风中飞舞，发出的声音类似于嗯哨。风沙过后，屏幕上出现的是一群包着头巾的孩子，他们在骆驼的肚子下面爬来爬去。镜头从驼峰上掠过，一片广阔的水域出现了。一些肤色各异的孩子坐在一只木船上，他们像一群孩子金鱼似的，全都撅着嘴，向电视机前的观众抛着飞吻。但是，他们真正的观众此刻已经睡着了。杜蓓看到两个孩子都歪在椅子上。女孩的头发披散着，盖住了脸，而自己的儿子，脸放在沙发扶手上，流出来的口水把扶手都打湿了，看上去像镜子一样发亮。朋友拿起遥控板，想换一个频道。杜蓓突然想起下午接受采访的事。当时，自己面对镜头一边侃侃而谈，一边急切地想往这里赶……这会儿，她突然把遥控板从朋友手里抢了过来，将电视关掉了。她的动作那么唐突，把自己都吓了一跳。

　　引弟没有看见杜蓓的动作。她正小心翼翼地要把女孩抱起来。女孩说了句梦话。她没说去上海，而是喊了一声妈妈。引弟把女孩抱进厨房旁边的小卧室门口，扭过身来用目光问杜蓓，要不要把男孩也抱进去。杜蓓摆了摆手。等引弟从房间里出来以后，朋友已经和杜蓓干了两杯。他又斟酒的时候，引弟没有再拦他。等他倒满了，她自己端起来一口干了。

"看见了吧杜蓓，你大姐也能喝上好几杯呢。当然，最能喝的，还是你丈夫。他可是真的能喝，喝完就神采飞扬，朗诵普希金的《渔夫和金鱼》。坐牢的时候，酒都没有断过。引弟，你老实交代，他喝的抽的，都是你塞进去的吧？"引弟把他的酒瓶夺了过来，放到了窗台上。她对朋友说："你喝多了。"但朋友并没有住口的意思。他对杜蓓说："你大姐那时候是个赤脚医生，远近很有名的。看大牢的人也经常找她看病。她就利用这个关系搞特权，给你那位捎书，捎烟，捎酒。后来被发现了，还差点记大过处分。"

引弟说："说起来让人后怕，有一次我没有给他捎书，他以为我不爱他了，差点用玻璃割破手腕上的血管。酒有什么好的，他就是喝多了，把酒瓶打碎，用玻璃割的。我只好托关系进去看他。他瘦得像根竹竿，都是肚子里的蛔虫闹的。我往里面捎了几回药，都被狱卒给贪污了。没办法，我只好往里面捎花椒。花椒泡的水，对打蛔虫有特效。他后来给我说，打掉的蛔虫有十几条，有的比腰带还长。"

"说起来，还是他有福啊。现在，我就是用酒瓶割破喉管，也不会有女人爱我。"朋友说。杜蓓原以为朋友是在故意和引弟逗趣，她没料到，引弟接下来就对朋友说："你也真该找个女人了，别的不说，孩子总该有个妈妈吧。女孩子要是没有妈妈带着，那可不行。"夜里十点钟，杜蓓的手机响了。她以为是丈夫打来的，看都没看，就把它关上了。后来，她到阳台上观察是否还在下雨的时候，顺便又查了一下刚才的号码。原来是桑塔那的车主打来的。她把电话打了过去。那人问她是不是被水围困在了街上，是否需要帮忙。她知道人家是催她还车。她想起来了，原来说好的，晚上七点钟左右还车，现在已经过去了几个小时。她压低声音对朋友说，她有个要事正在处理，还说明天会请人家吃饭。对方问她不是要去上海吗？她这才想起来自己来这里的真正目的。刚才说着说着，她竟然把这事给忘了。

"明天，我请你在经十路上的浦江旋转餐厅吃上海菜。"朋友一定被她搞糊涂了，追问她到底有没有出事。她笑了两声，干脆把手机关死了。

等她回到客厅的时候，她发现引弟已经把行李准备好了。引弟再次劝她不要送站，说自己可以打的去车站。但她却执意要去。最后一段时间，引弟是在朋友的女儿身边度过的。女孩还在酣睡，一点也不知道她的引弟阿姨就要远行了。引弟悄悄对朋友说，她从上海回来，就来看孩子，如果孩子愿意，到了暑假她可以把孩子接到济州。

朋友也坚持要把引弟送到车站，他已经把那个男孩抱了起来。为了防止男孩醒来以后吵闹，把女儿惊醒，他先把男孩送上了车，再上来锁门。上车以后，引弟和朋友一直在谈着怎样帮助孩子从丧母之痛中走出来。杜蓓没有插话。因为喝了点酒，杜蓓把车开得飞快，并且连闯了几个红灯。上了立交桥，她真担心自己控制

不住车速，飞下桥面。她甚至想到了飞起来的情形，漂亮！一定
像一只俯冲的大鸟。虽然雨早已停了，但车前的雨刷还在快速摆
动，像一把开了又合、合了又开的巨形剪刀。引弟显然也注意到
了这一幕。在车站的停车场，她走出车门的时候，还特意提醒杜
蓓，应该把雨刷关掉。杜蓓解释说，自己是有意如此，这样可以
防止瞌睡。

　　别说，送走了引弟以后，因为酒意阵阵袭来，她还真的有点
睡意了。她本来可以把票退掉的，如果运气好，她还可以卖个高
价，至少可以把明天请朋友吃饭的钱挣回来，但她却懒得出去了。
她想，如果朋友不在车上，她愿意就这样呆在喧嚣的停车场，一
直呆到天亮，呆到明天中午，然后直接把车开到浦江饭店。她正
这样想着，朋友突然拉开了车门，朝停车场外围的垃圾堆跑了过
去。还没有跑到目的地，他就跪在了一片水洼之中。他呕吐的姿
态，远远看去就像朝圣一般。他的身边，很快出现了一个戴着红
袖章的人。那人一边抽烟，一边等着罚他的款。

　　这个夜晚，她当然不是在停车场度过的。她得把朋友送回北
环以北。在车上，醉意未消的朋友向她讲述了自己怎样向引弟求
爱，而引弟又是如何拒绝他的。前者在杜蓓的预料之中，后者在
杜蓓的预料之外。当然她最没有料到的是，自己竟然会在朋友家
里留宿。当他们滚到床上的时候，她觉得他的嘴巴就像一个大烟
缸，但她并没有推开他，而是听任他舔她的脖子，吸她的耳垂，
揪她的乳头。有那么一会儿，当他死命插入她的时候，她听见他

好像喊了前妻和引弟的名字。她还听见自己的喉咙不时地发出阵阵低吼，就像威尼斯的水在咬着楼基的缝隙。天快亮的时候，楼下的肯德基快餐店的防盗卷门拉起来的声音，将她惊醒了。迷迷糊糊之中，她还以为那是火车刹车的声音。她一骨碌坐了起来。床头穿衣镜里的那个披头散发的女人，把她吓了一跳。她趿拉着鞋穿过客厅时，看见朋友正搂着女儿坐在沙发上。她听到了女孩的哭泣和朋友的叹息，但他们谁都没有吭声，好像这房间里并没有别人。几分钟之后，当她拉着儿子下楼的时候，儿子还没有完全睡醒，像尾巴似的拖在她的身边，使她的脚步都有些踉跄。坐到车里以后，她有些清醒了。她隐隐感到下身那个入口的上端有些发麻，就像……就像那里夹着一粒花椒。隔着甩满泥巴的车窗玻璃。她听见小区里的高音喇叭正报告着各大城市的天气状况，申奥宣传活动，儿童节前后旅游胜地的安全问题，等等，等等。

葬　礼

　　现在还只是六月初，运输高峰期还没有真正到来，车厢里已经人满为患了。自从挤上了火车，华林教授的目光就没有离开过窗户上的玻璃。玻璃本身当然是没什么好看的，因为那上面除了灰尘，还是灰尘。此时此刻，他是在看窗外的那些没能挤上车的难民似的乘客，以及那些目光茫然的送行者。

　　经过几个弧形弯道，火车就驶出了汉州市区。天已经黑下来了，黑暗就像一张巨大的幕布，遮在窗玻璃上，只是在某个地方闪烁着的几粒如豆的灯火，显示出空间的距离。华林嚼着一张椒盐饼。盯着那灯火看着，看得双眼都发直了，唯一不妙的是，由于玻璃上的灰尘和眼镜片上的汗渍，他眼中的灯光都带有小小的毛边，就像是他当知青时看到过的在坟堆周围闪烁的磷火。为了能看得清楚一点，他摘下了那副玳瑁边眼镜，然后用餐巾纸细心地擦拭着。那副眼镜，是他的妻子吴敏给他买的。吴敏让他带上那种已经过时的玩意，并非存心要出他的丑，而实在是迫不得已。他耳根的炎症经年不退，如果换成容易生锈的金属镜架的话，他的耳朵可能早就烂完了。

一张椒盐饼吃完，华林教授突然觉得身边不是那么拥挤了。他捏着眼镜腿，环顾了一下周围，发现刚才在他身边站着的两个学生模样的人不见了。如果这里再走掉几个人，硬座车厢也不见得就无法忍受。他正这样想着，突然有一个鸡头从座位下面滚了出来，落到了他的脚边。接着又从对面的座位底下跑出一只鸡爪——它准确地踩住了他的脚面，在他的白袜子上留下了一团油斑。华林立即对这硬座车厢憎恨了起来：这哪里是人呆的地方？要是再冒出来什么鸡头、鸡爪，我宁愿不去阳城参加范志国的葬礼，也要就近下车。为了干净起见，他像猿猴那样把双腿蜷到了座位上，然后把下巴卡到了双膝之间。顺便说一下，对华林来说，那样坐着虽然不够雅观，可并不难受。他在家里也常那样坐，以至沙发的边沿都被他踩瘪了。有一次，他和校长夫人谈话的时候，谈到兴头上，突然像现在这样把腿蜷上了椅子，并且抠起了脚趾。校长夫人后来告诉吴敏，当华林把整个身子都蜷到椅子上的时候，他就像一只可爱的猿猴。比吴敏还年轻的校长夫人当然不知道，华林的那样一种坐法，和他的生活记忆有关，是他在阳城插队时，在田间地头练就的。

一切都只能是现在，一切又都意味着终结。和记忆有关的那

样一个坐姿，华林其实也无法将它稳定下来。因为，就在他感到
那样坐着很舒服的时候，弯曲的身体使他小腹之下的尿泡不得不
承受着更多的压力。同时，又由于尿泡的作用（或者说反作用），
他感到，在大面积麻木的小肚子下面，有几个地方正在不停地
抽筋。

　　他在厕所门口排队的时候，火车刚好在一个叫焦树的小站停
了下来，列车服务员将厕所里面的人赶了出来，并将厕所的门锁
住了。轮到华林进去，已经过了整整半个小时（这倒是一段可以
触摸到的完整的时间）。就像在失眠的夜晚，华林会感到失眠症是
难以饶恕的一样，现在他又感到，所有的疾病都是可以饶恕的，
唯有尿频症不可饶恕。当然从厕所出来之后，他的看法又有了改
变。因为撒泡尿的工夫就可以解决的问题，是算不上什么难题的，
是无法和"饶恕"这样的充满道德感的词语挂上钩的。

　　考虑到外面还有许多人急着入厕，华林还没有把裤门拉严，
就从厕所里跑了出来。他现在轻松多了，心情好像也开朗了。回
到座位跟前的时候，他突然发现自己的座位上坐着一个二十来岁
的小伙子。小伙子正在看一本叫作《商界名流》的杂志，看得那
么认真，使他都有点不忍心去打扰他。他在座位旁边站了一会儿，
慢慢发现小伙子其实是在盯着杂志上的插页看。他猜对了，那插
页上果然躺着一个露脐的美人。他搞不懂女人的肚脐哪里好看，
也搞不懂男人为什么喜欢女人的肚脐。在他看来，肚脐只是个小
垃圾屉，真要说它有什么意义，也无非是可以提醒人们，有一根

叫作脐带的东西曾经联系着自己和母体，使人能想到自己并非是从石头缝里蹦出来的。肚脐眼问题惹得他有点不痛快了，他就做出非常严肃的样子，拿着车票在小伙子面前晃了晃。鉴于他以前曾多次遇见过赖在别人的座位上不起来的乘客，他对这个没有多磨蹭就站了起来的小伙子，还是有那么一点好感的。这样一想，他就向小伙子咧了咧嘴，挤出了一个歉意式的微笑。可是还没等他调整好坐姿，那个小伙子就对准他的脸，打雷似的放了个响屁。

　　这是华林在一个月的时间内第三次出门旅行，五月初，他去了一次海南，接着又去了三峡。在三峡的国际学术研讨会上，他和一个日本人的争吵，引起了一个来自大连的高校教务长兼学者的共鸣。在那人的盛情相邀下，他直接从三峡去了大连。他很快就爱上那个城市。他给吴敏打电话说，大连非常适合他的生活，街边的草地，草地上的鸽群，鸽翼上缤纷的阳光，以及空气中强烈的臭氧，都使他有宾至如归的感觉，所以他想在那里多待两天。在接到电话的当天，吴敏就住进了医院，将肚子里的胎儿打掉了。这样，当华林从大连飞回来的时候，她的伤口就长得差不多了，基本上可以承受一次性生活了。华林是六月一号回到汉州的，一回来，他就对吴敏说，他哪也不去了，要在家里好好地陪陪她，同时尽快将那本《寻求意义》一书的最后两章赶出来。可是今天一大早，他就接到了知青时代的好友范志国的儿子范强打来的电话。范强说，他的父亲死了。于是，华林就又坐不住了。

范强还特意提到了他的母亲徐雁——幸亏他提到了徐雁，否则华林一时还搞不清他到底是谁呢。华林上次见到范强，还是在一九八九年，那时候，范强还是个说话奶声奶气的孩子。三年前，在得知范强考到临凡商业专科学校的时候，他曾给范志国和徐雁寄去一千块钱，恭贺他们养子成龙。范志国当时给他回了信，并邀请他在合适的时候回阳城一叙。华林怎么也难以料到，范志国已经死了。

他问范强，老范是怎么死的，可范强支吾了半天，也没有讲清楚。后来，被他问急了，范强突然说："华叔叔你不要替他伤心，他死的时候，是挺快乐的，甚至说得上幸福。"范强说他是在临凡车站售票处的外面打的电话，还说自己很快就要到汉州，现在先问他和吴阿姨好，让他们保重身体。电话中的噪音越来越大，而范强的声音却越来越弱。华林正要让他代问他母亲好，电话突然断了。他等着范强再把电话打过来，可平时非常繁忙的电话，整个上午却再也没有响过。

整整一天时间，范志国的死就一直在他脑子里徘徊不去。他想起他的某个通讯录上记有范志国和徐雁家里的电话号码，就开始翻箱倒柜地寻找那个巴掌大的本子。后来，吴敏提醒他——他过了一会儿才知道，那是吴敏对他的嘲讽——会不会把电话记到哪张卡片上了，于是他又开始倒腾那些卡片。他的卡片通常都放在吴敏吃过的巧克力盒子里，所以这一天的地板上到处都成了巧克力的空盒。当他心急火燎地四处翻找的时候，吴敏养的那只名叫乐乐的小狗简直要高兴死了，它把那些盒子和卡片当成了没有骨头可玩时的替代性玩具，将它们叼得满屋子都是。趁他不注意，它还把一张卡片叼进了阳台上的狗窝。那张卡片上所记录的，恰恰是他昨天一直在寻找的胡适先生的一句话：

我们若不爱惜羽毛，今天还有我们说话的余地吗？

华林跟着小狗来到阳台，终于在狗窝里找到了他的通讯录——他怀疑是吴敏把它放在那里的。他照着上面的号码往阳城打了几个电话，但每一次，他听到的都是同一个小姐的声音："你拨打的号码并不存在，请查号重新拨号。"这天是星期五，下午是例行的政治学习时间。华林也去了。在开会期间，他突然决定要往阳城跑一趟，并打电话给吴敏，让她赶快给他准备两件干净的衬衣："最好有一件黑的，如果黑的还没有洗，那我就带上白的。如果白的也没洗，那就赶快替我买一件。"

顺便说一句，就像他没有料到范志国会突然死去一样，他同样没有料到，就在他准备着去阳城的时候，给他打电话的范强正要到汉州来。范强已经买好了到汉州的车票，并且还要比他的华叔叔提前一个小时登上火车。和他的华叔叔不同的是，这是一次通向未来的旅行。到七月份，他就要大学毕业了，去汉州，就是想让华叔叔和吴阿姨给他找一份像样的工作。他的那张车票倒是提前预订的，但他是个穷光蛋，所以他订的就是一张硬座车票。

而对于经常坐飞机的华林来说，坐硬座旅行，实在是个例外。没办法，他走得实在是太急了。事实上，如果他手中没有那两个宝贝证件的话，买那样一张硬座车票，也得像范强那样提前预订。他的那两个证件，一个是记者证，是他在报社工作的朋友给他搞来的；一个是人大代表教员证，是他给人大代表们讲课的时候，求着工作人员给他补办的。它和人大代表证基本相同，只是在相片下面的一个不起眼的小空格里，多填了"教员"两个字（这让他可以在关键的时刻打个漂亮的擦边球）。在候车室里，他就是拿着这两个证件去找的售票员。售票员对他说，他要是明天走的话，她现在就可以给他一张软卧车票。可因为有那两个证件在手，他一点都不想领她的情。"明天？我是去参加葬礼的，我没有权利更改人家的葬礼日期。"他抖着手中的证件，对着售票口旁边的传声器喊着。他的理由实在是无可挑剔。售票员不得不去和他要乘坐的 1164 次列车联系，并亲自把他送进了车站。"愿你旅行愉快。"售票员急着往回赶的时候，突然对他说，"不要担心，列车服务员会替你想办法的。"可是，火车早已驶出了汉州车站，还没有一个服务员进到车厢里来。他想，这一次他大概真的要在硬座车厢里耗一个晚上了。

每逢遇到不痛快的事，就像昆虫会紧贴着叶脉或钻到花蕊之中躲避风雨一样，华林总是会逃到报纸当中去，借阅读报纸来打发难捱的时间，华林的那些卡片，有很大一部分就是从报纸上摘下来的。每次出门，他总要事先买上几份报纸，在途中慢慢享用。

由于这次走得太急，一份也没有买，所以他只好去蹭别人的报纸。他旁边的一个工程师模样的人，正在看一份叫作《生活月刊》的杂志，他就把脑袋歪了过去。他瞥见上面有一幅卡斯特罗和教皇约翰·保罗二世握手言欢的照片：

> 100 万人挤在哈瓦那革命广场，倾听教皇保罗二世的布道，谴责"新自由主义的资本主义"，著名作家加西亚·马尔克斯和卡斯特罗坐在第一排听讲；卡斯特罗的宗教开放政策，一是为了抗击美国的封锁力量，二是为了赢得投资。马拉多纳也应卡斯特罗之邀，倾听了这次布道……

他还没把照片旁边的文字看完，工程师就把那一页给翻过去了。工程师感兴趣的是另一篇报道，上面用黑体字标明了香港特别行政区财政厅长曾荫权说的一句话：你一旦丢了钱，就永远丢了，就像贞洁一样。贞洁？这个问题当然是非常重要的，不过，他现在更感兴趣的是马拉多纳、卡斯特罗和保罗二世到底都嘀咕了些什么。当工程师翻完了杂志，把脸埋到杂志上休息的时候，他想和他套个近乎，借过来看一下。华林拿起自己的水杯，做出要去茶炉打水的样子，问那个工程师是否需要他为他捎上一杯。工程师愣了一会儿，没有吭声。他又问了一句，工程师这才把整张脸都抬起来。工程师好像有点伤感，可是转眼之间，那伤感就变成了戏谑和玩世不恭。"你是不是想看杂志？我卖给你算了。不贵，只收你十块钱。"

　　即便上面说的是中国人获得了诺贝尔奖金，他也不会再买了。半分钟之前，他还对香港财长的那句话（他认为工程师最初的伤感和那句话有关）有点不满，可是现在他觉得那句话说得真是地道极了。是啊，一旦我把钱丢给这样的人，那就像丢了贞洁一样，永远地丢了。可他转念一想，就又原谅了对方。既然卡斯特罗和教皇可以拿革命和宗教做交易，那工程师为什么就不能拿卡斯特罗和教皇做交易呢？于是，他又把杯子放了下来，从口袋里掏出了十块钱。杂志拿过来之后，他发现定价是十二块钱，于是他就又给那个工程师补了两块。他以为那个工程师会有些尴尬，没料到对方收钱时不仅显得心安理得，而且还有发了一笔横财似的喜悦。

　　就是对方的那种喜悦的表情让他感到了难受，当他翻阅杂志的时候，他的心情变得恶劣了。这种鬼地方，他实在是呆不下去了，这简直就跟当年坐牢差不多。他想，其实这还不如坐牢，因为坐牢的时候，四周都很安静，安静得能听到老鼠磨牙的声音，而现在，他满耳都是吵闹，就像呆在牲口棚里。一想到这个，他的气就不打一处来。他从座位上站了起来，想去找列车长给他补一个卧铺。可他刚站起来，他那总是发炎的耳朵就碰住了车厢的衣帽钩。

　　忍痛挤到两节车厢的接头处时，华林浑身都已经被汗水浸透了。汗水使他的眼镜不停地下滑，有一滴汗还流进了他的眼眶，使他的眼睛像发了炎似的难受。老范啊，你早不死晚不死，干吗在这个时候死去呢？让我也跟着你活活受罪。埋怨归埋怨，他还是想到了老范的一些好处。他现在想到了范志国和徐雁去牢里看望他的情景。范志国手中拿着一本书，站在用仓库改成的牢房门口。那是一本《钢铁是怎样炼成的》。当范志国把书递给他的时候，他递给了徐雁一封信。那是他写给自己的女友徐雁的信，信中说他已经成了无产阶级专政的对象，不想连累她，希望她能重新考虑和他的关系。徐雁在接信的瞬间，脸上还泛起了红晕——她显然把它看成了一封情书。他现在想，如果他当初没有写那封信，现在他的情况会怎么样呢？他会留在阳城，和徐雁生儿育女，最后老死在那里吗？简直难以想象，在上帝先知先觉的经书中，包含了多少偶然的唯意志啊。

"什么偶然不偶然的，你碰住我的脚了。"一个女人突然踢了他一下。那个女人躺在一张报纸上面，头枕着一个塑料编织袋。他正要向她道歉，她又闭上眼睛睡去了。由于车厢里太热，那个女人在睡觉时，大张着嘴巴，就像一只狗。这时候又从厕所里出来了一个男的，男的一来就偎着女人躺了下来，闭着眼睛，把手放到了女人的肚子上，在那里搓到了一撮灰，并把它捻成了一个小小的泥球。他的那个动作似乎是很愉快的，可与此同时，他却面无表情，就像是扑克牌中的国王。

"这些悖离了理性的人啊！"华林听见自己咕哝了一句。他离开了那个地方，往他旁边的 12 号车厢里走。在那节车厢里，一个服务员一边给乘客倒水，一边拿着征求意见簿，让乘客在方便的时候，在上面为她美言几句。对她们搞的这一套，华林非常熟悉。现在，华林的眼前还浮现出了飞机上遇到过这种情形，那些空姐让乘客留言的时候，脸上总带着职业的微笑，有时她们还会主动地把腰弯到合适的程度，好让旅客们可以瞥见她们幽谷般的乳沟。

对华林来说，那些幽谷般的乳沟还仅仅是一种记忆，可对坐在另一列火车上的范强来说，它却是一种可以触摸到的现实。比华林早一个小时上车，坐在由北京始发的1175次列车的范强，虽然买的是硬座车票，可他现在却坐在软卧车厢的包间里面。眼下，他正和前来售报的小姐开着玩笑。当那位小姐把腰弯下来的时候，他和包间里的那两个皮鞋商都站了起来，以便可以更深地看见小姐的乳沟。范强就是跟着那两个人混进软卧的。

他们是在上车之前才认识的。几个小时之前，范强在实习的奥斯卡酒店里向当会计的朋友道别的时候，这两个皮鞋商被吧台小姐领了过来。吧台的小姐说他们结账时用的是伪币，要用会计的验钞机再验一下。会计把那叠钱在验钞机上过了一遍，然后就宣布其中的几张应该没收。两个皮鞋商急了，指着上面的领袖头喊道："怎么会是假的呢？这几颗头不是都在吗？"会计说让他们看验钞机的反应，说它一闪烁出红光，就说明遇到了伪币。皮鞋商就嚷道，说不定那验钞机是假的呢。皮鞋商请会计看在他们是常客的面上，把钱还给他们："我们也是受害者呀。说白了，哪里没有假的呢，这里的小姐也有假的，有几对乳房看上去非常喜人，比叶玉卿的还大，其实一摸就露馅了，原来并非是纯天然的。"他们争吵的时候，范强一直在旁边呆着。他知道他的校友其实是想独吞那些伪币。考虑到他把父亲留给他的瑞士手表留到那里（当然，他又神不知鬼不觉地把它从会计的抽屉里取了出来），又说了一大筐好话才借到钱，他就帮着皮鞋商说："哥儿们，干吗要刁难人家呢，只要人家把钱付清就行了嘛。我们的广告上是怎么说的？奥斯卡，上帝的家园呀！"后来，会计就把钱还给了他们。再后来，他就夹在他们之间，混到了软卧车厢。

姓刘的皮鞋商买了几本杂志，然后把钱递给范强，让范强把钱交给小姐。范强看到老刘在旁边做着手势，他不懂得他的意思，但他知道那手势和小姐的乳房有关。小姐走了以后，他问老刘到底要让他干什么，老刘指指自己的胸口，说："还能干什么，我是想让你把钱塞到她的这个地方。她不会恼火的，我敢打这个赌。"

"原来是这个呀，其实我也想到了。"范强说。

"他这是吹牛！想到了为什么没干？是不是？"姓张的皮鞋商对老刘说。

范强没有继续辩解。他现在突然想到，刚才塞给小姐的钱可能都是伪币，担心小姐拐回来找他算账。于是他立即站了起来，拉开包间的门，伸着脑袋朝外面张望着。火车运行的轰鸣声骤然剧烈了，躺在那里翻杂志的老刘捂着耳朵，命令老张把他拖了进来。老刘将他批评了一通，说他心眼太小，有福不会享："既然能买到东西，怎么能说它不是货币呢？"

经过他们的一番安慰，范强心里踏实了。他舒舒服服地坐下，拿起一份《环球银幕》看了起来。

车厢的接头处的声音更为剧烈，在混浊、粘稠的气流中，它发闷而且尖锐。华林想，它的音量大概有几百个分贝，这是慢性自杀的最好场所。这种声音还让他的尿泡一阵阵发紧。他还感到自己的痔疮一阵阵发痒，好像也想趁机抬头。但他还是在那里等了下去。他是想等那个小姐过来，私下问问掏高价是否能买到卧铺票。他在那里等啊等啊，好不容易等到小姐倒完了水，却看到小姐提着水壶走向了旁边的 11 号车厢。

沮丧（或者说绝望）的华林并不知道，此时，有一位服务员正在到处找他。只是由于那位粗心的车站售票员没有说明他的座位号，1164 号列车上的这位负责应付特殊人物的小姐，找他耽误了一些时间。那位售票员倒是提到了华林先生的眼镜和头顶的斑秃，可是，戴眼镜并且斑秃的男人在这一节车厢里有十几个，她不知道从哪里下手。她第一次来，华林正在厕所里思考尿频症问题；第二次来她倒是见到了华林，可那会儿华林正掏钱买那份《生活月刊》，因为出了汗，他摘掉了眼镜，让她对不上号。她这已经是第三次来了，她这次没有白来，终于发现了站在车厢接头处的一个既戴眼镜又有些斑秃，既像中年又像老年的男子。

她走了过来，从侧面端详着他。最后，她的目光落在了他的皮带上面，在那发福的腰身上，看到了一条金利来皮带。顺便说

一下，华林其实并不知道吴敏为他买的皮带是名牌，他其实一直
反对在他那发福的皮肉松弛的腰上拴这种玩意的。他虽然做梦都
想成为名牌教授中的名牌，可他讨厌名牌产品，因为他认为它们
的价格和价值并不相符，是一种变相的敲诈行为。也就是说，华
林绝对不会料到，把他从众多的斑秃和眼镜中分离出来的最佳凭
据，就是 Goldion 皮带上的 O 形标识。

　　小姐喊了他一声"同志"，然后轻轻地推了他一下。看到一个
穿着列车员制服的小姐正盯着他看，他一下子犯迷糊了，还以为
对方是来查票的。他连忙在身上摸来摸去，寻找那张给他带来了
许多痛苦的硬纸片。情急之中的华林已经忘了，那张硬纸片并非
装在外面的衣兜里——为了防止丢失，车刚开动，他就跑进了厕
所，把它装进了缝在短裤前面的那个小布兜。不过，他很快就意
识到了这一点，因为他的生殖器突然感受到了车票的存在。他捂
着自己的裆部，尴尬地笑了笑。就在这个时候，他发现对方的态
度一点也不严厉，在嬉笑中好像还透露着那么一点尊重。接着，
他就自作多情地想到，对方很可能是他以前教过的学生。他在汉
州大学任教多年，听过他的课的人应以千计；读博士的时候，他
还在上海的几所高校里举办过多次学术讲座，如果把听过讲座的
人也划进来，那他的门徒的数目就更加可观了。有一次，他陪着
几个人大代表到汉州戒毒所视察的时候，突然发现有一个戒毒先
进分子曾是他的得意门徒。既然在那种地方都能遇到自己的门徒，
那眼下的这种巧遇又有什么好奇怪的呢？

"先生，你是不是姓华？"小姐问了一句。

"是啊，我是姓华啊。"华林说，"不过，这个'华'字念的是去声，而不是阳平。"

小姐抱歉地笑了笑，用正确的发音喊了他一声华先生。当着那么多乘客的面，她并没有向他多做解释，只是说，有人已经事先给他买好了卧铺票，等着他过去休息。华林这才明白了是怎么回事——看来那个售票员并没有说谎——他心里一下子舒坦了许多。唯一发愁的是怎么从拥挤的车厢里穿过去。可这个问题刚提出来，小姐就喊来了一个乘警，并让他又去喊了两个，让他们一个开道，一个拎箱，一个殿后。走在前面的那个乘警手中拿着一个又黑又粗的电警棒，那根棒指向哪里，哪里就会闪出一条道来。所以他们很快就来到了餐车所在的9号车厢。在那里，小姐为他买了几瓶冰镇过的饮料。一看到那些饮料，华林就感到自己的尿泡又有点想闹事了。不过，尽管他口渴难忍，饥肠辘辘，他还是没有在那里停留。

小姐一直将他带到了5号硬卧车厢。一道布帘将车厢隔成了两截，布帘上面印着"乘客止步"。趁乘警把他的箱子往行李架上放的时候，他问小姐是不是毕业于汉州大学。小姐没说是也没说不是。过了片刻，小姐很机灵地说了一句，说她没能听到他的课，是她终身的遗憾。"座位实在是太紧张了。没办法，计划生育搞得太晚了。"小姐又说，"不过，我们还正在为您想办法。能为您服务，我们感到非常高兴。愿您旅行愉快。"

"但愿我能愉快。我是去参加一个人的葬礼的。"华林说。

那位小姐一定没有料到他会吐出这么一句话，所以一时间有点发愣。在请他节哀之后，又劝他要想开一点。由于她不知道他和死者的关系到底怎样，这样说是否得体，所以她说的时候，扑闪着一双眼睛，反复地打量着他。

这真是个好姑娘，我应该送给她一样东西，他想。接下来，他出人意料地来了一个急转身，抓着卧铺上的梯子就要往上爬。火车咣当咣当摇晃着，他刚爬上梯子，就差点摔下来。一个还没有走开的乘警被他的行为搞懵了。还是小姐聪明，她使了个眼色，让乘警帮他把箱子取了下来。

华林打开那个箱子，从中取出了一本自己的论文集《现代性的使命》。这本著作在当代的学术圈里有着足够的影响，他能评上教授，和这本书有着很大关系。就像经期的女人走到哪都要带上卫生巾一样，华林走到哪，都要把它带在身边。从家里出来的时候，他想，他要在范志国的坟头烧上一本书，让老范可以在冥冥之中有书可读。可他装的时候，却不由自主地多装了几本。

"没别的东西送你，就送你一本书吧。"他对小姐说。他本来还想送给那个乘警一本的，可不知道为什么，他对乘警过于主动帮他取箱子有点不满，就打消了那个念头。书里面还夹着一张小卡片，他顺手把它抽了出来，然后把书递给了小姐。

"书写得这么厚，你一定赚了不少钱吧？"那个乘警说。

"什么呀，并不是所有的好东西都能用钱来衡量的。"小姐白了一眼乘警，把书搂在了胸前。

　　如果姓张的皮鞋商不提查票的事，范强都忘记了他是混到软卧车厢里来的。老张看见他舒舒服服地躺在那里，就怪声怪气对他说，列车员待会儿肯定要来查票。他的提醒，让范强打了一个激灵。"刚才他们不是换过票了吗？"范强说。老张说查票和换票是两回事。老刘安慰他，说你放心好了，既然换票都应付过去了，还怕他们来查票？"要是查住了，你就说我是你的什么亲戚。你是从硬座车厢过来看我的。"老刘笑着说。

　　"譬如，你可以当着他们的面，叫老刘一声爸爸。"老张说。

　　只要能舒舒服服地待在这里，叫一声爸爸又有什么呢？可范强听不惯老张那种幸灾乐祸的语气。他是巴不得我出点事啊！范强想。范强没有搭理老张，而是直接对老刘说，叫爸爸对他来说并不困难，只是对老刘有点不好，因为这有点不吉利。"我爸爸他死了，正值壮年就已经呜呼哀哉了。"老刘一听这话，就说算了算了，你就说你是过来看我这个当经理的得了。老张在旁边说，他不在乎什么吉利不吉利的，还是让他来当爸爸吧。

　　由于老张的话是用开玩笑的口气说出来的，所以范强不好意思朝他发火，只能在那里忍着。他调了个头，又躺了下来，并且故意做出非常舒服的样子，夸张地打起了鼾。就在这时候，他闻到了一股腥臭的味道。接着，他就看到枕边的床单上有一块湿痕。他趴在那里闻了闻，没错，就是从那里发出的。他很快判断出那是醉酒者吐出来的东西。在临凡的奥斯卡酒店上班的时候，经常有客人因为床单上的污迹朝服务员发火，而他们除了道歉，连个屁都不敢放，因为和客人一吵，服务员的奖金就打水漂了。九年来第一次坐火车的范强，这会儿想，如果列车员来查我的票，我也如法炮制，先给他们来一个下马威。这么一想，他就生怕那团湿痕干掉，每过一会儿，就要看它一眼。为了让它保持必要的湿度，他不但往上面吐唾沫，而且还往上面吐痰。

折腾了几个小时的华林，现在终于可以躺下来喘口气了。那位小姐后来又给他拿来了几份《交通快讯报》。最近的那一份是六月四号出版的。他对这种报纸不感兴趣，因为它们没有文化气息。正要把它放到一边，他突然看到上面还有副刊版，那上面有几篇文化名人写的随笔。他们分别谈到了臭豆腐，茶鸡蛋，一种叫作埙的古老乐器，和正品唐山牌抽水马桶的鉴定。在谈到臭豆腐的时候，那个文化名人引用了瞿秋白的一句话，"中国的臭豆腐也是很好吃的东西，世界第一。"错了！瞿秋白说的是豆腐，而不是臭豆腐！编辑甚至把鲁迅先生也弄了进来，鲁迅的一篇文章叫《从胡须说到牙齿》，可编辑只是断章取义地从中选了一段，并且自作主张地为鲁迅起了另外一个题目——《我从小就是个牙痛党》。拿鲁迅的作品来凑数，把鲁迅拖进现代商业主义和现代享乐主义的旋涡，可真是个一箭双雕：既可以省掉一笔稿费开支，又可以让别的作者感到满意——瞧啊，我和鲁迅是一伙的！他正要

把它丢开，突然又看到了一幅叫作《无题》的漫画，画的是一个
人七仰八叉地躺在车厢里。在画幅的左边，写着一首歪诗：

> 逃票不要紧
> 只要不当真
> 逮住我一个
> 还有后来人

怎么这么熟悉？哦，原来步的是夏明瀚的那首就义诗的韵。
太好了，到处都有学问，走到哪里都可以产生灵感：这是从革命
性写作到反讽式写作演变的经典范例，应该把它撕下来。于是，
他又一次爬上了那个梯子。因为没有小姐在场，这次他爬得比较
艰难，好像那是攻城用的云梯。然后，他把撕下来的那一版报纸
塞进了旅行箱。

太热了，只要动弹一下，衣服就会和身体粘到一起。他站在
那里，拈着衬衣的硬领——他同样不知道那硬领上绣着英文字母
Goldion——让它和身体分离的时候，他还在琢磨那首就义诗。在
《现代性的使命》的修订本中，一定要把这首诗放进去。他还触类
旁通地由那首诗想到了范志国的死。老范的身子骨不是挺硬朗的
吗？怎么转眼之间就要灰飞烟灭？

一个多么清晰的幻觉啊！华林教授现在突然看到了知青华林
赤身裸体地在池塘边的泥巴里打滚的情景，范志国也是赤身裸体。

他看到那个华林的屁股和脚掌被碎瓷片划破了，范志国正要把他从泥巴里拽出来扛到外边去。他们那时候可真是没少打架呀，那些碎瓷片是邻村的知青出于对上次挨揍的报复而撒到池塘里去的。他现在想起来，在他俯卧在床上养伤的那段时间，范志国第一次让他看了他整理出来的哲学笔记的情景：范志国竟然有三个带着红色塑料封套的笔记本，里面密密麻麻地记满了他从马恩列斯的著作和有关的注释中抄下来的许多哲学语录。那些笔记本是范志国用一包肉松从村里的会计那里换来的，在每一个笔记本的扉页上，都记着毛主席的号召："学一点哲学"。他就是从那些笔记本上知道了许多陌生的名字：斯宾诺莎、费尔巴哈、黑格尔、康德……。有一天晚上，由于伤口化脓，他怎么也睡不着，捂着屁股唉声叹气，赤脚医生范志国先训斥他没有坚强的革命意志，然后坐到他的那个用门板搭成的床上，给他和其他几个受伤的同伴念了几段导师的语录。那几段话说得并不是深奥的哲学问题，其中一段因为和洗澡有关系，他们后来就经常念叨：

　　希望你设法夏天到这里来，当然你将住在我这里，如果天气好，我们可以去洗几天海水浴。

然后是：

　　马克思刚刚搬了家。他的住址是：伦敦西北区梅特兰公园月牙街 41 号。

"马克思怎么没有下乡?"另一个弄伤了屁股的人突然喊了起来。那人还提议往邻村的知青经常出入的池塘里也撒一点碎瓷片,如果条件允许的话,还可以考虑撒上一点玻璃碴。那人的建议得到了大家的响应,但是遭到了范志国的否定。他说,马克思说了,历史上的事件总是出现两次,第一次是悲剧,第二次是喜剧。"什么是喜剧?喜剧就是闹剧。"范志国说,"谁的屁股再扎烂了,可不要来找我。"话虽这么说,可第二天,范志国就到县城搞玻璃去了。他搞来的都是巴掌大的小块玻璃。他对大家说,那些玻璃可以派两种用场,一种是撒到池塘里去,一种是按到老虎窗上,请大家选择。那个时候的范志国就显示出了当领导的才能,说话办事总能让大家心服口服。他自己动手,把那些玻璃拼到了窗格上。最后剩下的小玻璃片,他也没有舍得扔掉。他像个孤胆英雄似的,"深入敌穴"闯进了对方的村子,让那些知青们知道,他要是照葫芦画瓢把玻璃片撒进池塘,不光会让他们烂脚烂屁股,还会让他们一个个都变成太监。他说,他之所以没有那样干,是因为大家都来自五湖四海,是为了共同的革命目标,而走到一起来的……

真是难以想象,这个范志国已经死了。当时他们还把他看成是哲学家,如果不是因为结婚和生孩子耽误了考学和回城,他现在说不定还真是个哲学家呢,混个学部委员当当也不是没有可能。西塞罗在《辩论篇》里说,哲学家的一生都在为死作准备。哲学家范志国，也对自己的死作过准备吗？华林现在翻了个身，让长痔疮的地方朝向上面，然后双手捂住了脑袋。他现在又想起了1989年夏天见到范志国的情景。又是一个清晰的幻觉啊！他看到范志国正领着一个男孩在汉州大学的家属院门口徘徊，那个小男孩在他身边正专心致志地啃着一芽西瓜——瓜皮上已经没有一点红瓤，那唯一的红瓤现在粘在他的鼻尖上。华林并没有认出他们就是范氏父子，他只是被孩子逗乐了，想知道那孩子会不会把最后的那一点瓜瓤抹到嘴里去，才在那里停了下来。就在这时候，他突然听到有人喊了一声华林。是范志国喊的，他显然也不能肯定他就是华林，为了避免认错人的尴尬，范志国喊他的时候，脸朝着门房里的那一位正在书写标语的退休教师。

　　那一次，范志国在汉州待了两天。华林还让范志国看了他一直珍藏着的那本《钢铁是怎样炼成的》。在书的扉页上，还留着华林教授当年写的一首诗：

　　　　学习保尔柯察金
　　　　一定重做革命人
　　　　扎根阳城反右倾
　　　　坚决解放全人类

　　他第一次向范志国透露了因为看这本书而挨打的故事。牢里的领导对他说："犯了罪还想回城当炼钢工人，不打你打谁啊？"

领导让他写检查，他就写了这首诗。他向范志国讲这个故事的时候，吴敏也在旁边。这个小故事吴敏虽然已经听过多遍，可她还是像第一次听到似的，笑个不停。那时候，华林和吴敏刚刚结婚，住着一室一厅的房子，由于范志国带着孩子暂住在那里，吴敏只好去住女友的单身宿舍。不过，她每天都要回来看他。由于范志国的在场，他对吴敏的年轻美貌竟然感到有点不自在。有一次，当吴敏习惯地挽着他的胳膊的时候，他瞥见镜子中的自己竟然有点面红耳赤。在离开汉州的那天下午，范志国向他透露了他正在托关系找门路，要把到阳城卫生局当副局长的事敲定。他说既然捞到这个职位不容易，他就将尽可能多做工作，鞠躬尽瘁，死而后已。后来，范志国又开玩笑地说："当然，首先是要协调好各个部门的关系，把计划生育搞好，至少要把避孕套及时地发放下去。"这是一个意味深长的玩笑。华林眼前立即出现了一只像气球那样在空中飘飞的避孕套。没有比避孕套更轻的东西了，可华林却感到它比石头还重。在送范志国去车站的路上，他一直有点神不守舍。把他们送上 1164 次列车以后，范志国拉开窗户，邀请他和吴敏有空到阳城去玩。吴敏当时爽快地答应了，而他却突然不知道该说些什么。

"华先生，您是不是想吃点夜宵？"有人好像在喊他。

短暂、零乱的幻觉消失了。华林一骨碌爬了起来，那个样子就像夜半的惊梦。他望了一下窗户，又拍了拍两排座位之间的小茶几。窗外是无边的夜色，他依稀看到了几处灯火；茶几上是一

份被他撕开了的《交通快讯报》，上面的那首歪诗现在正掖在他
的旅行箱里。站在他面前的不是吴敏，而是那个把他领到这里来
的服务小姐。她好像刚洗过澡，头发湿漉漉的，身上散发着一种
窖藏苹果的香气。

"您还是中午吃的饭吧？"

"中午？中午我在哪里？让我想想。"

"晚饭您吃了吗？"

"晚饭？哦，想起来了。几个小时之前，我买过一张椒盐饼。
别说，它还真比上次吃过的香，因为上面有芝麻呀。"

在奥斯卡实习的时候，范强值的就是夜班。一个月下来，他
已经成了一个夜猫子。镜子中的那个越来越苍白的脸蛋，显然和
这种作息习惯有关。他现在站在厕所隔壁的盥洗池旁边，通过池
子上方的那面镜子端详着自己，然后在嘴唇周围和下巴颏上抹上
香皂。考虑到此行的重要任务是要让华林叔叔和吴敏阿姨给自己
找个工作，所以他首先得把自己的脸收拾干净，以便能给他们留
下一个好的印象。他现在觉得自己和电影《泰坦尼克号》里的男
主角莱昂纳多长得很像，身架、额头、嘴巴，都像。当然他也发
现自己的脸色有点苍白，但他并不觉得这有什么不妥。他想，有
一个词就是用来形容他这种脸色的，那个词叫作"理智的苍白"。
是啊，只有聪明、理智、成熟、深沉的人，才会有这种苍白。这
种例子太多了，他随便一举，就能举出一大堆例子来：比如葛优，

比如王志文，比如罗伯特·巴乔，当然，还有莱昂纳多。

他想，华叔叔最好能安排他到汉州电视台的广告部工作。他在大学里学的就是广告专业。几天前，当他又一次在电视上看到华叔叔和主持人在那里谈论"广告和文学"的时候，他想，他无论如何都应该去一趟汉州，让华叔叔在汉州给他找个工作。那一天，他还从主持人和华林的交谈中，获得了一个重要信息。当主持人对华林在百忙中到演播室来接受访谈表示感谢的时候，他清楚地听见华叔叔说，这都是他应该做的，即便吴敏不在电视台上班，他也会接受这个邀请。太好了，吴阿姨原来就在电视台上班！放着这样的关系不用，那不是浪费又是什么？有一句话说得好，浪费就是犯罪。华叔叔如果给我找不来工作（当然这是不可能的），那还有吴阿姨呢；地道的双保险！他又想起了昨天打的那个电话。他现在认为没在电话中把找工作的事说出来是明智的。华叔叔和吴敏阿姨都很忙，如果他们嫌麻烦，在电话中顺势一推，那他可就傻眼了，连一点活动的余地都没有了。"聪明人就是聪明。"他拍拍自己的脸，将自己表扬了一通。

过道上有几个人交头接耳。由于高兴，范强从他们身边经过的时候，旁若无人地扭起了屁股，并故意地蹭了一下当中的一个小姐。回到包间，他看到老刘和老张也没有睡觉，正在玩牌，他就也想加入进去。在玩扑克方面，范强自认为是个高手，他记得，有一次他把同寝室的人的菜票都赢光了。

"你又没钱，拿什么玩呢？"老张说。

"你怎么知道我没钱？"

范强坐了下来。为了不让他们过早发现他是高手，洗牌时他故意显得很笨拙。他还决定先输两把，让两个傻冒能尝到一点甜头。

到了第三把，范强果然把老刘和老张甩到了后面。老张一边打牌一边打哈欠，为了提神，老张讲起了他在奥斯卡享受到的上帝的乐趣。他说他像犁地一样，把那里的小姐犁了个遍，然后他重点地回忆了他和其中的一位玩过的几个花样。"最带劲的是，一边看录像一边干，说不清谁在模仿谁。"接着，他问范强是不是也趁工作之便动过犁。

"她们都脏得很，搞不好会染上病的。"范强说。

"我是干什么吃的，还能让染上病？别打岔，你到底犁过没有？说句公道话，你们那里的小姐还是比较干净的，用了都说好。"

范强一时不知道说什么好。为了不在他们面前丢份儿，过了一会儿，他说："即便没有干过，我也知道怎么干。"他刚说完，老张就哈哈大笑起来。他笑得那么厉害，差点把牌都扔了。连沉稳的老刘，也捶打着膝盖笑个不停。

"笑什么笑！我只和自己的女朋友干。"范强说。不过，话一出口，他就伤感了起来。他所说的那个女朋友，比他高一届，一毕业就和他断掉了联系。他现在突然想起来，那个女孩子就是汉州人。范强想自己这次无论如何要在汉州找到个称心如意的工作，让那个女孩子瞧着眼红。但老张和老刘持续的笑声让他心里直发虚，后来他就糊里糊涂地连输了几把。老张也输了，不过他是故意输的，因为老刘是他的上司。老张把钱交了出去，然后又催他快点交钱。范强不能交钱，因为他身上的那几个钱，是准备着给华叔叔和吴阿姨买见面礼用的。他愿意拿自己的手表作抵押，再接着往下干。

在沙漠中行走的骆驼可以连续多天不吃不喝，那是因为它们不但有储满脂肪的驼峰，而且有三个胃室。由于长期伏案工作，东奔西跑，华林的背倒是有点驼了，可即便它再驼上一千倍，那也只能是驼背，而不能称为驼峰，这是因为那里面并没有多少脂肪。即便他有三个胃室也不行，要知道他身上长着一个漏斗似的尿泡呢。有了那么一个宝贝，有多少水漏不出去啊？

和常人相比，华林的饥饿感一旦凸显出来，确实要更加猛烈，可他现在却没有多少食欲。旅客们的就餐时间早就过了，现在他是和几个餐车服务员一起就餐。摆在他面前的是一份冬瓜海米、一份青菜豆腐汤和两只油炸馒头。他吃了半个馒头，喝了几口汤，就把碗推到了一边。那帮服务员一直在吵闹，并不时地爆发出一阵阵笑声。他认为就是那种吵闹影响了自己的食欲。那位小姐坐在他旁边。问他饭菜是否合口。"你一定要吃好，不让你吃好，我们是不会让你下车的。"小姐说。她的话说得多么得体啊，如果我是校长的话，我就拉她当我的办公室主任了。他问小姐会不会外语，小姐的话让他吃了一惊："会一点，因为我去年才从国外回来。"

"在列车上跑来跑去，多累啊。"

"我喜欢干这一行，喜欢跑车，为你们这些人服务。你们都是革命的宝贵财富嘛。"

小嘴多甜啊，当她习惯地用手指梳理头发的时候，一道白润的耳轮在他眼前一闪。他都想破格招她当自己的研究生了。他想问她还想不想考学，可她身上的手机突然响了。他从一份报纸上看到，女性用手机对身体很不好，尤其是那些怀孕的妇女，要尽量少用。"据说，手机甚至可以对女性的某种周期构成干扰，总之，要慎之又慎啊。"他说。她感谢他的提醒，但她又说她这辈子并不想要孩子，因为《圣经》中说了，夏娃之所以生子，是由于那是上帝对她的报复。

"孩子总还是要的。那也是革命工作，你想要男孩还是女孩？"

"这很重要吗？"小姐说。

"当然重要。《圣经》中也说了，'听哪，天上传来声音说，这是我的爱子，我为他而喜悦'。在我看来，生儿育女与其说是为了传宗接代，不如说是为了挽留住时间。我在阳城下乡时，种过韭菜。生育就跟种韭菜差不多，割掉一茬，又长出一茬。姑娘，在我看来，这很可能就是基督教有关死后复活的现实依据。"

小姐莞尔一笑，拿着手机到餐车的顶头回电话去了。当她走开了，他想，吴敏什么时候才能给我生一个孩子呢？时不我待，再过几年，我想要孩子可能也要不成了。他突如其来地想到，如果当初和徐雁结了婚，如果徐雁生下的又是一个女儿的话，那女儿肯定会和眼前这个姑娘一样漂亮，有着同样干净的眼白，黝亮的瞳仁，善解人意，连偶尔的打岔也让人着迷。其实徐雁当初就是这样的形象，只是徐雁身上多了一份田野的芬芳和那个年代特有的基干女民兵的英气。

肩挎五六式半自动步枪，在明净的月光下，在公社民兵营大院的楼梯口站岗放哨——这是他在坐牢前对徐雁的最后印象。那是1976年9月底的一天，他的历史就是在那一天开始拐弯的，上帝那先知先觉的经书中所包含的偶然的唯意志，就是那一天向他显现出来的。那一天，他的牙疼病又犯了，不得不到公社卫生院去看牙。看完牙，正要去看在这里受训的徐雁的时候，他突然想起赤脚医生范志国托付给他的任务——把发给村里的避孕套捎回来——他就又拐了回去。值班的是个女医生，他还没说完，眼睛哭得像兔眼一样发红的女医生就指着他的鼻子骂开了，骂他太反动了，是个现行反革命，毛主席他老人家刚刚离开我们，他就要带头娱乐了。那个女医生拎着门后的扫帚一边抡他，一边喊着抓他这个反革命。被喊声惊动的人围了过来，逮住他就是一顿猛揍。在挨打的时候，他夺过一把鸡毛掸子，胡乱挥舞了一阵，并挑掉了一个人的眼镜……那一天，等他跑回来的时候，月亮已经升起来了。他回村里转了一圈，拉着范志国诉了一下怨屈，后来就又一瘸一拐地去公社的民兵营赴徐雁之约——徐雁早就对他说，在这一天晚上，她们房间里的另外两个人要出去拉练。在那里，他看到了肩挎五六式半自动步枪正在站岗的徐雁。可那天，他和她什么也没干。换岗之后，他们并没有在房间里待着，而是走了出来。当他讲述他的遭遇的时候，徐雁捂着嘴，一直笑个不停。他自己讲着讲着也乐了。他当然没能料到，第二天上边就要派人下来将他丢进大牢。他后来才知道，那一天被他的鸡毛掸子打碎的眼镜的主人，是公社卫生院的革委会主任。当然，后来又发生的许多事都超出了他最初的想象：出来之后，他竟然考上了大学，而范志国和徐雁因为结婚生子，只能留在阳城……

那个小姐又拐了回来，问他是否已经吃好了。她还说，列车长已经为他安排好了包间，现在他可以安心地睡个好觉了。

"其实我在这里就挺好。"华林说。

"你的酒量怎么样？李白斗酒诗百篇，您喝上半斤总该没问题吧？"

"我只能喝二两，还得是低度的。"

"喝酒的人都这么说，"她说，"您放心，有我在场，是不会让你喝晕的。"

请他喝酒的人到底是谁呢？可她不告诉他，只是说等到了就明白了。"你要是不说，我可就不走了。"华林说着，果真在地毯上站住不走了，低着头，看着自己的脚尖。"你怎么这么调皮啊？"服务小姐说。他笑了，摆出一副天真无邪的样子——他当然不知道，他一笑，他的脸蛋就变得皱纹纵横。

"酒是列车长请的。他想见见你。"小姐说。

听了这话，华林的肩胛骨一下子耸了起来。对他来说，那是一种潇洒的姿态。在课堂上，如果他冷不丁地冒出一句妙语，他也会随之做出这样一个动作来。现在，他的心情确实很好，对列车长的邀请感到非常满意。华林不是一个自私的人，所以他并没有把这个荣誉全揽到自己身上，而是把这看成是列车长对所有高级知识分子的尊重。当然他也有点失落，因为他最初以为是小姐要和他单独交谈呢。

"有什么办法呢？恭敬不如从命吧。"他又一次耸起来了肩胛骨。

可范强后来还是输了。有老张在当中捣乱，他岂有不输之理——老张不但自己要输，而且还要拉他垫背——每当他要往上游跑的时候，老张就"舍身忘死"对他实行围追堵截。

"愣什么愣，还不快把手表交出去。"老张说。

老刘愉快地接住了那块表，眯着眼看着，但他的愉快只持续了那么一小会儿。"什么瑞士长瑞士短的，这不过是一块熊猫表，"老刘说，"而且还是一块死熊猫表，瞧，这指针一动不动。干脆扔掉算了"。老刘说着，就要去打开窗户。要不是范强眼明手快，老刘就真的把它扔出去了。他夺过那只表看了一下，果然是块熊猫表。他立即意识到，那块真正的瑞士表现在还躺在会计的抽屉里："妈那个×，我以为我耍了他，哪料到我被他耍了。"

"看你还是个学生，就饶你这一次，不过，你得受一点惩罚，否则这牌打着就更没意思了。"老刘说。

老刘的惩罚，是让他把他们随身带的一些广告分发出去，那些广告印刷得非常精美，就像是《环球银幕》的彩色插页：

总统　　国家领导人

奥斯卡金像奖导演

王子　　首相

奥斯卡金像奖影帝

电脑专家　　著名诗人

皇后　　公主

奥斯卡金像奖影后

诺贝尔奖医生

宗教领袖　　动作片巨星

他们的共同点，曾经是个世纪之谜。现在这一世纪之谜已经解开，请看背面——

我们都要穿曼菲斯图高级皮鞋

M E P H I S T

他（她）们都喜欢

名牌中的名牌

曼菲斯图

名牌

M

在那字符下面，叠印着人物头像、大腿、裸足、电影片断。从专业角度看，这个广告创意也是非常成功的。当老刘说背面的那个倒三角的图式，是他模仿女性生殖器自行设计的时候，范强就更加喜欢了。《广告厚黑学》里说，一份成功的广告，应该包括悬念、明星、色情、宗教四大元素。现在，它将它们一网打尽了。

"老刘，下一次印的时候，你是不是可以考虑一下，把外星人也弄进来。"老张说。

"外星人有点太离谱了，"范强指着上面的一个女人像，说，"最好把这颗头换成戴安娜王妃。"

"她刚死掉，换上去有点不吉利吧？"老张说。

"老刘，你现在要的就是她的死。她要是不死，你还不用呢。死亡是一种象征性股份，可以帮助你占领大众市场。"

范强这时候第一次向他们透露了他学的专业就是广告，所以他现在是以专家的身份跟他们讲话。他建议他们还可以考虑用一些脍炙人口的古典诗词作广告词。说到这里，他就把一个同学为一个卫生巾厂家写的广告词，移花接木地说成了自己的杰作：

海内存知己，

天涯若比邻。

无为在歧路，

儿女共沾巾。

"唐朝时好像还没有卫生巾。"老张说。

"可你一听，就知道这首诗是为现在的卫生巾写的。"范强说。

"该吹的他都已经吹完了，现在该让他受罚了吧。"老张提醒老刘。老刘笑了笑，说，"你不是也输了吗？你陪他一起去吧。"老张不愿去，可老刘只用鼻孔哼了一声，老张就乖乖地跟在范强屁股后面走了出来。

来到过道上，范强把老张让到前面。看到老张有些不高兴，范强心里美滋滋的。来到硬卧车厢，看到人们都在睡觉，他就向老张建议应该往硬座车厢跑一趟。这时候，火车在一个叫作尚庄的小站停了下来。范强赶紧向车门口方向跑去，向刚上来的旅客发放广告。他一共发出去了三份。列车开动之前，又跳上来了三个人。他们和列车员似乎很熟，一上来就和列车员拥抱到了一起。有一个人抱过了列车员，把他也抱了一下。他感受到了对方的好意，所以一边和对方拥抱，一边把对方拉离车厢的接头处。在他看来，那是个危险地带，稍有不慎，脚丫子就可能挤到接头处的缝隙里。

等对方松开他的时候，他发现周围已经没有人了。他回到刚才的那节车厢，看到老张就像在考场上发放试卷似的，挨着铺位把那些广告发了出去。火车一加速，那些广告就在穿堂风的吹拂下，又纷纷地飘了下来。昏暗之中，有一张广告还掠过范强的额头，落到了他的身后。他叫了一声老张，可老张并不搭理他，仍然继续往前走着。走到车厢顶头的时候，老张打开了一扇窗户，把剩下的广告扔了出去。接着，老张朝他走了过来。老张的动作依然很潇洒。他点上烟，拍拍范强的肩膀，说："愣什么呀？没看见我是怎么干的？哪里有压迫，哪里就有反抗，这是马克思主义的普遍原理。"说着，老张拧开了厕所的门，示意他应该把手中的东西扔进去。

范强对这个姓张的家伙一点好感也没有了，所以他拒绝照他说的去做。老张说："那你把它当作宝贝拿着吧，不过，你现在也不能回去，否则老刘会起疑心，认为我们两个捣了鬼，这对你也没有什么好处。"

老刘从他手中夺过一张广告，使劲地揉了揉，然后钻进了厕所。他在那里等了一会儿，正要离开的时候，眼睛突然受到了一束强光的刺激。有两个黑影竖在他的面前，那是两名乘警。在手电的照射下，他看到他们手中捏着一叠广告。他一下子慌了神。在手电照向别处的那一刹那，他拔腿就跑。可他刚跑了两步，腰上就挨了一棒，接着他就栽倒在地了。在倒下去的时候，他感到自己的眼睛里闪烁出了一大片金色火花。

一个男人大叉着腿躺在软卧包间里，华林以为他就是本次列车的最高行政长官，想打个招呼，可对方却翻了个身又睡去了。
领他来的小姐并没有把那人叫起，只是对华林说："你先进去吧，
我去把你的箱子拿过来。"华林看到那人的枕边放着他的《现代
性的使命》，里面好像还夹着一个书签，因为有一根红线露在外
面。包间的小茶几上放着两碟小菜，一碟是卤水鸡翅，一碟是芥
末鸭掌。鸭掌像云母一般晶莹透亮，它是华林最喜欢吃的东西。
芥末他也喜欢，一闻到它那串鼻的味道，华林就感到自己的胃口
被吊起来了。他还很快地想到了他在阳城种过的那些芥菜：一到
秋天，沟渠旁边的芥菜缨子就像两条绿色的绸带，老远就可以闻
到那芥子的气息。茶几上还有一瓶红酒，当小姐又来到包间的时
候，他才知道那是波拿巴红葡萄酒。

"马克思曾经写过这个波拿巴。"

"是吗?"

"是的，雾月十八日的路易·波拿巴。"华林说。

小姐说她一定找来那篇文章看看。"先生，该起来了。"小姐
朝躺在铺位上的那个人的肩膀拍了一下。那个人没动，小姐就又
拍了一下，这次是拍在那人屁股上。华林一下子感到小姐和那人
的关系有点不同寻常。那人蠕动了一会儿，坐了起来。小姐说：
"非常抱歉，车长这会正在处理一个急事，他让我先陪你们两位喝
一点。"听了这话，华林的神经放松了：他原来也是个乘客。

看来这位乘客已经喝过一次了，有点醉醺醺的，眼皮都懒得
睁开了。小姐为他们做了介绍，华林得知对方是从香港过来的。

对方拿着那本书在他面前晃了一下："这是你的大作吧？狗（久）仰狗（久）仰。"这时候，小姐的手机又响了。小姐说，她得出去一下，请他们原谅。

香港客是个胖子，年龄大概在四十五岁左右。他的脸色有点苍白，苍白中还带有一点青色。华林看到香港客的脑袋也有点斑秃，和他相比，真是有过之而无不及，可谓是童山濯濯。"是回来观光的吧？"华林问。那人没有反应。为了掩饰尴尬，华林夹起一块鸭掌放到了嘴里。这时那人突然用标准的京腔说了一句："那个小姐真他妈聪明，让我想起了阿庆嫂。"

阿庆嫂？他竟然还知道阿庆嫂？华林停止了咀嚼。对方冷不防又问了一句："华先生，现在大陆上送礼都送些什么呀？我听说只送两样东西，钱和女人，是不是呀？"华林不知道对方究竟要说什么，为了礼貌起见，他还是回答了一句："听说还有送别墅的。"

他们就这样聊开了。华林没有猜错，对方果然是从大陆出去的。香港客还说自己也曾是个知青，曾在北京的一所高校任教多年，九年前才出去的。两个人以酒逢知己千杯少的架式连碰了几杯，谈话也慢慢变得无所顾忌。香港客先把列车长骂了一通，说列车长刚才找了他两次，想让他把他弄到香港去。"他刚走，你的这本书就是他和小姐离开时丢下的。你知道他找你是为了什么吗？"他问华林。华林坦率地说不知道，因为他还没有见到列车长。"出去是那么容易的吗？我倒是出去了，可我是迫不得已。你一定不知道，我是偷渡出去的。"香港客说。他似乎真的醉了，眼睛都喝红了。

"瞧你说的，偷渡的又不是我，我怎么知道?"华林说。

"你不光不知道，连想都想不出来，因为我们生活在一个事实大于想象的时代。"那人似乎对自己的说法很满意，所以紧接着打了一个响指。列车的轰隆声使他的响指发哑，这似乎也超出了他的想象，所以他打完之后，盯着手指看了好一会儿，好像在探究它失声的原因。不过，他很快就放弃了对它的探究，他把双手交叠着放在胸前，用缅怀的口气开始了滔滔不绝的回忆。与此同时，他还示意华林也应该把手放到胸前。他说，九年前，当他还是一个热血青年的时候，他搅进了案子，后来飞到了南方。他的一个朋友在南方的一所高校任教，朋友的两个得意门生毕业之后没能找到如意的工作，后来干脆当起了偷儿。那两个偷儿门路很广，给他办来了各种假证件，然后把他塞进了一列货车。因为不知道货车什么时候出站，所以他们还给他准备了充足的干粮。他们考虑得很细，细到什么地步? 连包大便用的塑料袋都给他准备好了。他说，还算比较顺利，一星期之后他就随着货车出去了。他在外面混了多年，好歹在香港立住了脚跟，后来以香港公民的身份，在去年的七一，回到了祖国的怀抱。他说他这次回来，是为了帮那两个偷儿，他们最近被抓了进去，他的那个在高校任教的朋友，希望他能找他当年的一个同事出面打个招呼，把两个徒儿放出来。那个同事被称作及时雨宋江，早年也是他的朋友，1989 年下半年从学校调了出来，之后连连升官，眼下在一个重要的部门任职，一言九鼎，放个屁都能把下面的人吓趴下。

"来之前，我给那个同事打了个电话，说我有事求他。他问是什么事，我说电话里不好多说，只能见面再谈。我还说我手头既没有女人，也没有多少钱，让他看着办。你猜怎么着？他说他倒可以送个女人给我。他这样慷慨，让我都不知道说什么好。"

"俗话说，衣服是新的好，朋友是旧的好。"华林终于找到机会插了一句。

"说起来？我还是他儿子的干爹呢。"

"要是在西方，你就是他儿子的教父，"华林说，"我其实也是去看朋友的。和你不同的是，你的朋友是个活的，而我的朋友是个死的。我现在就是要去参加那个朋友的葬礼。"

如果不是这句随口说出的话提醒了他，华林就想不起来此时此刻自己为什么会出现在这里了。香港客还在继续讲着自己的故事：怎样把老婆弄到香港，老婆又怎样从香港去了美国，两个人后来又怎样"拜拜"。华林对他表示了一番安慰，可对方并不领情，说他其实巴不得她早点滚蛋，滚得越远越好。香港客谈兴甚浓，可华林却有点听不下去了。他现在突然想起来有一件分内的工作，正等着他去完成，那就是给范志国写一篇悼词。他想，既然他是范志国的朋友当中最有学问的人，那写悼词的任务肯定会落到自己头上。怎么搞的，这么大的事，我竟然差点给忘了？

写悼词是一件严肃得不能再严肃的事，所以他得到厕所里去蹲上一会儿。是的，华林喜欢蹲在厕所里思考问题，排忧解难——他的尿频症和痔疮可能和这种习惯有关。据说许多杰出人物都有这种华林式的习惯。在华林的一张卡片上，就记录了这样一件事：伟大的马丁·路德，苦于找不到宗教改革的理论依据，长期以来一直在摸着石头过河。有一天，他正在威登斯堡修道院的厕所里解大手，突然得到了上帝的启示——因信及义——从此他才得以启动宗教改革的方舟。华林虽然没能创造出路德教，可他正在写的《寻求意义》一书中的许多重要观念，都是在厕所里冒出来的。这会儿，他离开那个饶舌的香港客，来到了软卧车厢的厕所。为了能够理出一个基本的头绪，他虽然只是想撒泡尿，可他还是像女人那样蹲了下来。奇怪的是，他蹲的时间越长，他的脑子就越乱。这让华林很恼火。华林将此归咎于火车轰鸣声的干扰和范强打来的那个电话过于语焉不详——如果范强在电话中把他爹是怎么死的说得稍微清楚一点，他很可能在家里就把悼词写出来了，哪能让它拖到现在？

不过，还没等他把皮带扎起来，他就意识到他其实不必为此焦虑，因为按照中国的传统习惯，致悼词的通常都是死者的上司或者死者的继任者。对他们来说，这是一个难能可贵的表演机会——通过表扬死者，来表现自己知人善任；通过赞颂死者，来强调自己继任的合法性——这等好事，他们是不会让局外人染指的。华林想，他所能做的无非是在阳城之行结束之后，写上一篇带有悼念性质的短文。现在，问题的关键是怎样安慰徐雁和范强，尤其是徐雁！他还突然想到，范强的那个电话很可能就是在徐雁

的授意下打来的。哦，不是可能，而是一定！她之所以没有亲自
去打，显然是因为担心吴敏吃她的醋。当然，还可能有别的原因：
比如，一想到要跟我说话，她就会像少女那样，心里怦怦直跳。

眼睛里不光冒出了金色的火花，而且眼珠子都好像要掉出来
了。范强后来才知道他遭受的是一次电击。为了搞清楚自己的眼
睛是否完好，在接受审讯的时候，他不时地挤眉弄眼，反复测试
自己的目力。但他的挤眉弄眼惹恼了那两个乘警。其中的那个胖
乘警又举起了那根电警棒，对他说："要是再不老实，就请你再吃
一棒。"

他果然又吃了一棒，当然，这样一来，他的挤眉弄眼就更加
频繁了。他们要他承认他就是他们正在捉拿的一个偷儿："你说你
不是，那你的车票呢？见到我们，你跑什么跑？你这样的瘪三要
能坐上软卧，我们早就当上公安部长了。"他们还认定他是借发广
告之名行窃，理由是乘客都在睡觉，只有傻瓜才会选择这样的时
候去从事广告宣传活动。既然他不认为自己是个傻瓜，那他就是
另有所图。

他搞不清自己当初为什么要跑，就像他想不起来车票何时丢
失了一样。他提到了和老刘、老张进行的牌局，可话音没落，瘦
乘警就朝着他的屁股踹了一脚。当他像陀螺似的转圈的时候，两
个乘警都笑了，但笑归笑，他们并没有轻饶他的意思。两个乘警
耳语了一阵，接着又莫名其妙地大笑了起来。范强被他们的笑搞

得毛骨悚然，耸着肩胛骨，摆出一副随时等着挨揍的样子。但他们这次没有打他，而是一前一后地夹着他，把他领进了另一节软卧车厢。他们说要带他去见列车长，走到一个包间门口，还没等他明白过来怎么回事，就被后面的乘警搡了进去。

范强首先看到的是盘腿坐在铺位上的一个年轻女人。范强以为她就是列车长，所以他上来就喊了人家阿姨。见她没有反应，他愣了一下，又改口喊了一声小姐。他注意到包厢里还有中年男人。他之所以没把他看成列车长，是因为那是个隆鼻、鬈毛、深目的老外。范强正有点手足无措，站在他身后的乘警突然又拎着他的衣领，把他拖了出去，并且主动把门给人家拉上了。范强穿的是父亲死后留下来的 Goldion 衬衣，是为了这次旅行特意穿上的，所以一听到衬衣被撕裂的声音，他首先想到的就是，自己被搞得衣衫褴褛，又该如何去见华叔叔呢？他当然还不知道，此时此刻，他的华林叔叔并不在汉州，而是和他一样，正在黑暗中穿行。

"我不是贼，也没有逃票。"范强再次申辩。可那两个乘警只顾捂着嘴笑，根本不听他的解释。"我到汉州，是为了见我的叔叔，他可是个人物。"他又说。胖乘警听不得他的啰嗦，又一次举起了手中的电警棒。与此同时，瘦乘警把食指竖到了唇前，示意他不要吭声。然后，两个乘警都把耳朵贴向了包厢。"怎么还没有动静？"瘦乘警说。两个乘警同时又换了一只耳朵。"不要着急，鬼子进村历来都是悄悄地进行。"胖乘警安慰同伴，同时剥开一块泡泡糖，塞进了同伴的嘴巴。

范强这时才明白他们搞的是什么名堂。用老家阳城的说法，这就叫听房，用书上的说法，这就叫窥阴。范强现在也替两位乘警着急了，他知道，如果里面一直没有动静的话，两位乘警就会拿他出气。电击的滋味，他真的是不愿再尝了。

有一个女服务员走了过来。她腰间系着一条围裙，手中端着一个放着菜碟和葡萄酒的塑料圆盘。等她走近，那个胖乘警就伸手从小碟子里捏了一只鸡翅。他还示意同伴也来一只尝尝。可那个瘦家伙只对酒感兴趣，上去就抓住了酒瓶。在那个女的用圆盘敲门的时候，他们又带上范强，迅速躲到了一边。

"真不是我干的呀！"范强又一次叫了起来。现在，他们三个都站在车厢的接头处。范强的眼睛一直盯着胖乘警手中的电警棒——直到现在，他还感到脑仁隐隐作痛，眼珠似乎像金鱼一样一直往外鼓着。"我也没有逃票，我真的是买过票的。"他又一次去掏自己的口袋，好像他丢失的钱和车票还能从那里变出来似的。他的申辩慢慢变成了央告，求他们放他一马。他还再次告诉他们，他叫范强，是临凡商专的学生，他现在要到汉州找一个名叫华林的教授，华教授家的电话是3839452。

在他的反复央告下，那两个乘警押着他往老刘他们所在的包间走了一趟。在那里，范强意外地找到了他的那张卷在床单里的车票。至于他丢掉的那些钱，老刘和老张都发誓没有看见。他相信他们说的是真的，因为这时候他突然想起来，火车停靠在那个叫作尚庄的小站的时候，有一个人曾经紧紧地抱过他。他当时只是感到几分奇怪，他现在相信，那个人很可能来了个顺手牵羊……

"打扰了。"他们对老刘和老张说。当老刘他们又躺下的时候，两个乘警又把范强拖了出来。"这不是你呆的地方。"他们对范强说。范强感到自己的后腰又被那根硬东西顶住了。虽然那玩意儿此时并没有通电，可范强还是筛糠似的战栗个不停。

弥漫在包间里的酸臭气，发自床单上的那些秽物。秽物的颜色层次分明，华林以此断定，在他上厕所期间，香港客不止呕吐一次。服务员可以清除掉秽物，但无法清除它的气息。服务员走了以后，华林才发现，香港客枕边的那本《现代性的使命》上面，也星星点点地沾了一些秽物。华林赶紧把那本书拿了过来。秽物中有些透明的小颗粒，华林知道那就是原来的鸭掌。当他细心地用自己铺位上的床单擦拭着那些小颗粒的时候，他又闻到了已经发生了变异的芥末的味道。

他就在那本书的封三上开始了他对徐雁的安慰，他写道：

> 你别哭了。当我们的亲属好友死的时候，我们其实应该感到快慰，因为我们有了令人安慰的保证——他们再也不会受今生今世之苦了；好吧，让我陪你一起哭吧，一想到人家把他放在冷冰冰的地下，我还是想陪你痛哭一场。

写得多好啊！他想，徐雁应该对我的安慰感到满意。这种话可不是一般人能写出来的。徐雁一定不知道，分号之前的话来自奥古斯丁的《上帝之城》，分号之后的话来自莎士比亚的《哈姆雷特》。有奥古斯丁和莎士比亚来对她表示安慰，她确实应该知足了。她应该擦干眼泪，张开双臂，迎接我的大驾光临。

徐雁的面容在那段文字中浮动，也浮动在黑暗映衬的窗玻璃之上——它多么像一面可以透穿时光的镜子！徐雁，她依然像一个清纯的少女，仿佛时间在那张面容上永远地驻足了，他甚至看清了她那干净的眼白，鼻翼皱起来时形成的细小的纹理。当她习惯地捋着自己的秀发的时候，润白的耳轮就闪烁出一道令人心醉的光亮。

他第一次意识到，他之所以要像急猴一样，匆匆忙忙地赶赴阳城，与其说是要参加老范的葬礼，不如说是为了再次见到自己的初恋情人。一种久违的冲动击中了他，让他的身体都绷紧了。

那一声"咔嚓"短促而有力，在火车的轰鸣中，它又是那么细微，几乎难以听见。范强就是伴随着那一声"咔嚓"，被锁到两节车厢之间的。隔着门上布满灰尘的玻璃，他看到两个乘警大摇大摆地走进了硬座车厢，而把他一个人留到了这个比厕所大不了多少的"囚室"。操他妈的那个×，他压低嗓门咬牙切齿地骂了一句。

但只过了短短的几分钟，他就适应了这种囚禁生活。囚室就囚室吧，回到硬座车厢不见得就比这里好。瞧，这里只有我一个人，一点也不挤，别人想进还进不来呢。他这样想的时候，外面确实有两个人拍打着门想进来。那两个人刚才就躺在这里，是乘警把他们清除出去的。他们的鼻尖在玻璃上压成了两个小平面，显得怪里怪气的，让范强联想到了进城的农民把鼻尖压在商场橱窗上的情景。

"这里当然凉快，还能做广播体操，但把你们撵出去的是老警，而不是我。"范强潇洒地耸耸肩，双手一摊，对他们说。他捡起地上的一份报纸，坐了下来，然后熟练地用双膝支住了下巴。那样一个坐姿是他从小练就的，他记得父亲也喜欢这样坐。前年的暑假，他到阳城的卫生局看望父亲的时候，一推开门，就看到父亲像猿猴那样圈腿坐在沙发上，在和一个女人嘻嘻哈哈地聊天——他后来才知道那个女的就是父亲的相好——时间过得真快啊，转眼之间，父亲就已经死去一年多了。他记得父亲当时让他叫她阿姨，可他懒得那样叫。他心里想，你这个当爹的随便睡个女人，我都得叫阿姨吗？我没有叫她姐姐，就已经给足你面子了。

这会儿他又想起了给华叔叔打的那个电话。父亲死得太不光彩了，使他都不知道该怎样回答华叔叔的提问，所以他潦草地说了两句，就赶紧把电话放下了。父亲是在去年五月底死掉的。他后来才知道，那天晚上，当那个女人的丈夫回来时，既色胆包天又胆小如鼠的父亲，正试图抓着二楼阳台上的攀援植物溜之大吉。那个男的虽然当了乌龟，可是跑起来还是要比乌龟快上许多。父亲刚落到地面，那个男的就从楼道上跑下来截住了他。乌龟问父亲是不是愿意"私了"，"私了"条件只有两条，一条是请允许他给他放点血　使他心里能稍微舒坦一点；另一条是把他从行将关闭的纸厂调到卫生局。这两条父亲都答应了，可当天晚上，父亲就因心脏病发作，去阎王爷手下上班了。父亲的死把那只乌龟气坏了，他认为父亲耍了他一把，就把这事捅了出来……范强现在想，华叔叔要是问起父亲的死，我该如何回答呢？他想起了预尔康（YEK）速效救心丸的广告词："是活着还是死去？这是个问题。"他觉得自己也遇到了类似的问题：是实话实说还是干脆不说？范强是个聪明人，他很快就把这个问题想通了：为了不让华林叔叔和吴敏阿姨产生上梁不正下梁歪的联想，我就对他们说，父亲是因为劳累过度导致了心脏病发作而突然死去的。他还想，为了引起他们的怜悯，使他们能够感觉到他丧父的"悲伤"，他很有必要当着他们的面流上那么几滴眼泪……

又有人在那里拍门了，并且隔着玻璃对他吹胡子瞪眼。对方在说什么，他一句也没有听清楚。他能看出对方很着急，就像是热锅上的蚂蚁。"急什么急，没看见我正忙着吗？"他梗着脖子喊道。

拍门的有三个人。其中有一个中年人，手中拿着一把纸扇，隔着玻璃对他指指戳戳。范强以为那人是想要他屁股下面的报纸，他就故意不看他，而是把报纸抽出来，认真地看了起来。那是一份《文化都市报》。尽管上面的漫画专版上的作品没有一幅能让人发笑，可他还是夸张地大笑起来，嘎嘎嘎的，就像是一只鸭子。他把报纸兜得哗哗作响，然后把它折叠起来，去看另外一版。这一版上都是和足球有关的报道，巴西球星罗纳尔多的照片占据了四分之一的版面。他盯着照片看了一会儿，突然觉得罗纳尔多的虎牙和自己的大门牙非常相似。他的心情很快就开朗了起来，好像自己也会有罗纳尔多那样的美好前程。这样一想，他就咬着下嘴唇，露出那两颗大门牙，站了起来，将玻璃之外的那些人瞧了一遍。当他的目光重新回到报纸上的时候，一篇有趣的报道吸引住了他：

　　本报巴黎6月4日电：为了备战世界杯，世界各地紧急抽调的十万吨避孕套最近空降巴黎，然后它们将被分别运到图卢兹、南特、马赛、朗斯等比赛城市。如果算上球员、球迷和球员家属私自携带的避孕套，那避孕套的总数将是一个非常庞大的数目。整个人类世界，宇宙中的这个小小寰球，将随着世界杯的开哨，进入本世纪最后一次狂欢……

　　狂欢，狂欢，我也要来一次狂欢，他想，只要华叔叔和吴阿姨能在电视台给我找个工作，我首先要做的，就是去找那个忘恩负义、见异思迁的女孩，和她来一次彻夜狂欢，让她尝尝我范强的厉害。

　　范强正这样想着，突然在报纸上面看到了华林叔叔的名字。

最初的几秒钟，他还以为自己看花了眼，出现了幻视。那是一个名人侃球的栏目，华叔叔说他最喜欢的球星就是罗纳尔多，他预言巴西队将第五次捧杯，在决赛中，罗纳尔多将独中三元，奠定自己新球王的地位。在那个栏目下面，华林叔叔的名字再次出现了。那是一篇简短的报道，在报道的结尾，范强看到：

　　……据悉，下届国际研讨会将提前到今年下半年的七月份，在祖国的宝岛台湾召开，上面侃球的那些著名的专家、学者届时将以个人身份前往。他们此行必将受到各媒体的广泛关注。会议的具体议题、具体日期、学者们对 32 强命运的预测以及大陆各与会人员的详细情况，本报将从明天起陆续报道。敬请读者留意。

　　范强赶快把垫在屁股下面的另一份报纸抽了出来。他想，后续报道中说不定就配有华叔叔和吴阿姨在一起的照片。他已经多年没见过吴阿姨了，得先看一下她的玉照，免得见面的时候突然认不出来。他白忙了好一会儿，后来才发现，那份报纸是六月三号出版的。

　　如果没有那次临时停车，徐雁的面容就会长久浮现在华林的面前。直到列车哐当一声停了下来，使他的脑袋碰到车壁的时候，他才从那幻觉之中爬出来。那位小姐把旅行箱给他送了过来，顺

3

便告诉他，下一站就是他要转车的临凡。小姐对他解释说，火车是在给一趟从北京始发的专列让道，用不了多长时间的，不用着急。

那个久未露面的列车长也来到了他的包间，说自己本该早点过来向华先生请教一些问题的，可实在是抽不开身，请华先生谅解。说完这话，他就又走了。小姐替列车长的匆忙离去做了解释：因为刹车太急，有一个孕妇从座位上掉了下来，出了一点血，正等着列车长去解决呢。小姐又说，列车长非常尊重知识分子，正读着北方铁道学院的在职研究生，外语已经考过了，只要再写一篇论文，就可以把学位拿到手了。

"您都看见了，他是多么的忙，纵然有三头六臂，也忙不过来呀。"小姐说。

小姐在他的包间里坐了下来，问他是否休息好了。华林说自己的脑袋刚才磕了一下，不过不要紧。小姐立即把手放到了他的额头上，就像给他量体温似的。"乘客中有两个医生，不过他们正在孕妇那里忙碌，要不，我去把他们叫过来？"小姐说。

"还是让他们待在最需要他们的地方吧。"华林说。

因为停车，现在车厢里显得格外寂静。在那个香港客坐起来之前，有那么几分钟，小姐一边细声软语地说着话，一边用崇敬的目光看着他。华林再次觉得眼前的这位小姐和记忆中的徐雁有几分相像。于是，他迎着她的目光，丝毫也不回避。但是，只过了很短的时间，他就把头低下来了，用餐巾纸擦拭着自己的眼角，这是因为他又突然想起了吴敏——最近一两年，每次从外地回来，只要他摆出这种深情的目光去凝望吴敏，吴敏就会对他说："请擦擦你的眼角，那里堆满了眼屎。"而当他非常扫兴地擦干净眼角，酝酿好情绪再去看她的时候，她又会说，你的鼻毛又伸出来了，该去剪剪了。

"你的眼睛怎么了？"小姐说，"我还是把医生叫过来吧。"华林又一次拒绝了她。小姐和他又谈了一会儿，再次把话题转到了列车长身上。她问华林能不能找人帮列车长写一篇论文。华林还来不及表态，小姐就说："等您旅行回来，列车长会亲自登门拜访。如果他实在忙不过来，我会替他去的。您能给我留个电话吗？"

"您最好能替他去，"华林说着就把电话写了下来，"这是我办公室的电话。"

这时候，那个香港客突然坐了起来。香港客一开口，华林就知道他刚才并没有睡着。香港客带着浓重的粤语口音对小姐说："小改（姐），不要麻烦啦，把这一段抄一下不就完了。"香港客说着就把华林的那本书翻开了。在翻开的那一页上，华林看到了一个小标题：

"人"字形铁路：詹天佑（1861—1919）的梦想与实践

詹天佑是谁？华林想了一会儿，才想起他是中国的第一个铁路工程师。不过他想不起来自己的书中怎么会出现这么一节。这时候，香港客又说道："华先生，天下文章一大抄，您就行行好啦。列车长是个君子，他要是不打招呼就抄了下来，你有什么办法呢？我就喜欢列车长这号人，明人不说暗话。"

小姐用目光征询着华林的意见。见华林没有吭声，小姐就说："这么说华先生已经同意了？列车长是个讲义气的人，他已经打过招呼，不让华先生另外补票了。"小姐接下来又表示，他以后的旅行，只要坐的是从汉州始发的火车，都可以和列车长联系，享受高级知识分子应该享受到的待遇。她把列车长的名片递给华林的时候，又说，列车长只要拿到了文凭，很快就可以升为汉州车站的主要负责人，"不瞒您说，他就差那么一张文凭。"

"您想带个女人上车，也不是不可以。"小姐说。小姐刚说完，多嘴多舌的香港客就站起来接了一句："如果没有女人可带，就让列车长给你发一个。"香港客说着，在小姐的屁股上拍了一下。华林真是看在眼里急在心里。一直到下车，华林都没有再搭理那个香港客。

那个用金属和钢化玻璃封闭起来的临时囚室的门打开了。范强这才知道那位拿着纸扇对他指指戳戳的中年乘客，是想通过这间囚室，走到卧铺车厢里去。范强讨好地把报纸递给人家，人家却用扇子把它打掉了。领路的是个小姐，范强闻到她身上有一种柠檬的香气。另外的一男一女两个乘警，替那个大腹便便的中年乘客拎着箱子和旅行袋。男警的屁股后面斜挂的一根警棍来回晃动着，范强一看就心惊胆战。跟在中年人后面的那个女乘警经过他身边的时候，看了他一眼。就是那一眼，让范强的心一下子提到了嗓子眼——范强认出她就是把报纸卖给他和老刘、老张的那个姑娘，当时，他还差点把那些伪币塞进她的乳沟。当女警再次盯着他的时候，范强赶紧把脸扭到了一边。

范强没敢再在那里待下去。那一行人刚刚离开，范强就躲进了拥挤不堪的硬座车厢。污浊的、热腾腾的气流包围了他。那些光着背的男人，看上去都是湿漉漉的，就像是褪过毛的畜生。这哪里是人呆的地方？范强想。但为了躲避那个女乘警，他还是一步步朝车厢的纵深走着。他走得小心翼翼的，以免踩着那些蹲在过道上的人。因为热，也因为要躲避那个女乘警的追踪，他和别的男人一样，把上衣也脱掉了。可是，在他感觉到凉快和安全的同时，他第一次发现自己是那么瘦小，那么孱弱。

列车在汉州北面的那个叫作焦树的小站停下来的时候，那个女乘警果然来到了范强所在的车厢。范强虽然不能完全肯定她要找的就是自己，但他还是用手中的报纸挡住了自己的脸。当她走到车厢顶头，又往回走的时候，范强急中生智，迅速钻到座位底下。因为座位下面的地板过于湿滑，他没能控制好自己的身体，脑袋在车壁上撞了一下，使他一下子有点头晕眼花。不过，他并不感到懊恼，他觉得自己成了捉迷藏游戏中胜的那一方，所以他有理由感到高兴。

　　车到汉州之前,他一直呆在那个安全地带。唯一的美中不足,是他感到有什么东西硌得他的屁股有点难受。他充分利用那个狭小的空间,调整着自己的体位,把那个东西从屁股下面拽了出来。他的鼻子很灵,很快就闻出那是一块鸡骨头。虽然它已经有点变味了,可饥肠辘辘的范强还是从中闻到了鸡肉的缕缕香气。为了拒绝它的诱惑,范强先是把它放到了一边,然后又把它踢了出去。他咽着唾沫重新躺下来的时候,他突然听到外面有人在低声叫骂。范强知道那人是在指着鸡骨头骂他,但他一点都不生气,相反,他还有点乐不可支。他的手在身边来回搜索着,终于又找到了一块骨头,然后他使劲地把它甩了出去。

　　但随着那骂声的持续,肚子里咕咕乱叫的范强还是愤怒了。他想到了后天即将举行的婚宴,婚宴上的美酒佳肴和欢声笑语。一想到这里,他的肺都要气炸了。

　　两周前,他从母亲的信中得知她真的要嫁给那个退休的中学语文教师的时候,曾利用一个星期天回了一次阳城。他说他不反对她结婚,但求她在结婚之前,带他到汉州跑一趟,见见华叔叔,把他的工作敲定下来。可母亲却对他说:"我舍不得你跑那么远,以后想见一面都不容易。"母亲的话猛一听比唱的还好听,可实际上比屁都臭。他知道,她之所以反对他去汉州,是因为她不想让他和华叔叔呆在一起。他早就听邻居们议论过母亲当年和华叔叔的风流韵事,也曾从父母的争吵中听出过一点门道,可她总不能因为那些陈芝麻烂谷子的事,耽误他的美好前程吧？普天之下，哪个当妈的像她这么自私啊？善有善报，恶有恶报，他没有别的办法，只好反对她嫁给那个退休教师王国伟。他对她说，不管父亲怎么对不起你，可你总算是卫生局副局长的遗孀，是个有身份的人，而那个王国伟的前妻是个农民，王国伟像串糖葫芦似的，把你们串在一起，你不嫌丢人我还嫌丢人哩。见母亲不吭声，他以为触到母亲的痛处了，就趁热打铁对她说，谁不能嫁啊，干吗一定要嫁给王国伟呢？他家里只有一个宝贝，就是他那个漂亮女儿，可他女儿现在已经在临凡当上了婊子，当就当吧，只要往家里交钱就行，可她一分钱都不交。没有了女儿，王国伟就是地地道道的家徒四壁了。嫁给这样的人，套用足球术语，就是踢了个乌龙球；套用股票术语，就是买了个垃圾股。他对母亲说："王国伟确实是个垃圾股啊，妈妈，一旦你老嫁过去，连我这个当儿子的也要被套进去了。所以，我有一百个理由反对你们住到一起。"

他知道母亲和那个王国伟还要来临凡找他，所以他要赶在他们到来之前逃离临凡。买车票的时候，他觉得这是自己有史以来作出的最英明的选择，不免有几分得意。可是现在，幻觉中的美酒佳肴和欢声笑语却击中了他。父亲死后，他一直觉得母亲挺可怜的，可他现在不这样看了。他想，说不定父亲还没死的时候，母亲和那个王国伟就把生米煮成了熟饭。这种可能性不仅是有的，而且还是大大的。想当年，母亲不就是趁华叔叔坐牢的时候，和父亲好上的吗？有一个顺口溜说得好：三十不浪四十浪，五十还在浪尖上，六十还要浪打浪。母亲现在还不到五十岁，看来，她折腾的时间还长着呢。要是王国伟现在就死了，她说不定很快就要再挂上一个。

夜里十一点多钟，火车减速了，慢慢驶进了汉州车站。这时候，范强还躺在座位下面念叨着那个顺口溜。他现在已经不生气了，就像失眠者可以借数数进入梦境一样，那朗朗上口的几句话，也奇妙地起到了一点安慰的作用。他从座位下面爬了出来。他那灰头灰脸的样子和胡子上粘附的纸屑，引起了周围许多人的注意。一个在微弱的灯光下翻阅杂志的人，现在像看怪物似的，对他侧目而视。在车停稳之前，范强就一直站在那个人的身边。他想出口恶气，给那个人一点颜色看看。于是，他转过身子，对准那个人的脸，毫不含糊地放了一个屁。那个屁放得真是过瘾啊，它是多么响亮啊，他觉得屎星子都飞出来了。

范强把车票和小电话本掏了出来，向车门口方向走去。排队排到盥洗池旁边的时候，他侧着身子瞥见了镜子中的一张大花脸。他差点没认出那就是自己。他本来可以顺便拐进去洗一下，可他并没有那样做。他觉得现在这样子挺好，起码可以让站在门口的那个女乘警分辨不出他究竟是谁。

范强在汉州下车之后，又过了一个多小时，华林乘坐的1164次列车也减速了。它像一条巨大的蜈蚣，慢慢驶进了范强待了三年的临凡市区。自从进了临凡，华林的目光就没有离开窗户上的玻璃。他站在铺着朱红色地毯的过道上，按着焊接在车壁上的小椅子往外看着。已经是午夜了，在散落的路灯的照射下，华林看到临凡的街道呈现出灰白的颜色，它们慢慢地晃晃悠悠地向后移动，就像处在梦境之中似的。偶然闪现的行人和车辆，更加深了他的这种印象。车窗之外，渐渐出现了等待上车的难民似的乘客，他们越来越多，一个个目光惘然。

这是他二十多年前第一次离家远行时所到达的那个城市。那时候和他同行的就有徐雁和范志国……他们到达临凡的当天，就迫不及待地坐着马车赶赴了阳城。他现在走进临凡，就像重新触摸到了过去。华林忍不住地激动了起来。当他拎着旅行箱走出车门的时候，他甚至感到比身体先探出来的额头都有点发热了。可是激动归激动，他还是临时决定先在临凡休息一个晚上。他想，等天亮之后，我要好好地理理发，修修面，然后再精神饱满地赶赴阳城。

从站口出来，他很远就看见了一溜酒店的招牌。他的目光最后落到了奥斯卡酒店的广告牌上面。在那里，霓虹灯不停地闪烁出"上帝的家园奥斯卡"的字样。呼吸着故地的空气，他的脑子顿时活跃了起来。他想，西方的上帝每天忙着在教堂和旷野之间奔波，而东方的上帝却忙着在酒吧和商场里穿梭。他觉得这句话虽然有点不得要领，但还是非常精彩的，值得在卡片上记下来。

路过广场上的一个公用电话亭的时候，依照以前外出时的习惯，华林还是往家里打了个电话。不出他所料，吴敏果然又不在家。她去哪了？莫非她真的要和我离婚？他又一次想起了这个问题。和往常不同的是，这一次，华林一点都没有感到痛苦。

现代视角下的知青书写

——解析李洱小说《鬼子进村》

马　涛

　　李洱于 1966 年出生在河南省济源市，1987 年毕业于上海华东师范大学中文系。1993 年，他在上海的《收获》杂志上发表了中篇小说《导师死了》，从此正式步入创作活动。李洱现在是河南省文学院的专业作家，担任《莽原》杂志的副主编。其代表作长篇小说有人民文学出版社出版的《花腔》和《石榴树上结樱桃》，中篇小说有《导师死了》《现场》《午后的诗学》《破镜而出》《遗忘》等，短篇小说有《饶舌的哑巴》《夜游图书馆》《悬铃木枝条上的爱情》等。出版的作品集有《饶舌的哑巴》（2000 年）、《破镜而出》（2001 年）、《遗忘》（2002年）、《夜游图书馆》（2002 年）、《悬铃木枝条上的爱情》（2004 年）等多种版本，被翻译成德语、意大利语、法语、英语等多国语言。

　　李洱属于"新生代"作家群中的一员，但他的写作姿态却具有某种显而易见的异质特征。和新生代作家的欲望化叙述和对生存表象的迷恋相比，李洱对生存表象的穿透具有相当强的精神力度。20 世纪 90 年代后期，一部分新生代作家发出了"断裂"的宣言，张扬激进的反传统写作立场，但他们叛逆式的创作并未在多大程度上构成真正意义上的"个人化"写作。然而李洱始终远离文学时尚，致力于 20 世纪中国文学中一些敏感而又具有复杂性的主题的开掘，表现出了对知识分子叙事经验的自我增值和改造能力。无论是备受赞誉的长篇小说《花腔》和《石榴树上结樱桃》，还是中、短篇小说《导师死了》《午后的诗学》《饶舌的哑巴》等，李洱从未迷失在对先锋技巧的盲目追逐上，而是最大程度地关注人的生存状态和困境。李洱的思想探索、文体试验不仅在新生代作家群中是独一无二的，而且在整个当下的文坛也显得卓尔不群。作为一个充满冒险精神且不断寻求精神突围的作家，李洱在文体实验与叙事策略的转变中，努力寻求汉语叙事的突破，追求一种锐利、从容、厚重而大气的品格。

　　李洱不仅是极其重视小说技术、颇具先锋意味的作家，而且也是一位努力使自己尽力置身于发现之中的作家。他对生活和世界一直保持着怀疑和警惕的姿态。李洱说："我愿意从经验出发，同时又与一己的经验保持距离，来考察我们话语生活中的真相。

在写作中，我的部分动力来自形式和故事的犯禁。"李洱的小说一直书写着"历史"与"当下"，关注着匿藏于历史和现实中的"真相"。

《鬼子进村》是李洱为数不多的以知青为题材的小说，但小说流露出来的先锋意味明显，因而与刘醒龙的《大树还小》、何顿的《眺望人生》一样，以另类的姿态书写知青文学的另一条发展脉络。《鬼子进村》和所有"知青后"文学一样，以一个独特视角下的荒诞故事，"对主流知青文学的惯常手法——成功者说的叙述特征进行了无情的奚落，更是对青春无悔的全面颠覆"。以往的知青文学中有一个常见的弊端，那就是对个体知青生活的无限放大，以显示充满青春激情的成功范例。而《鬼子进村》则把个体的人、独特方式的"人"字高悬于世俗之上。《鬼子进村》产生于作者对知青生活的重新想象，是一种新历史主义的想象写作。

《鬼子进村》完全抛弃了主流知青作家的文学观念、文本方式和写作手法，它以非知青视角的异度审视，重新确立了边缘立场。李洱并非知青，于是奠定了他写作立场的特殊性。他的作品中张扬着人本主义精神，而非红色恐怖的精神印记。李洱并非以先锋的文学技巧来描摹历史，而是把现代主义的文学立场和思想观念渗透到文本当中。他以反讽的文学态度和非严肃性的文学书写故事，将真实与虚构混为一谈。这既是对以往知青文学传统的坚决割裂与蔑视，同时肯定了一种无意义的生存状态。文章拟从文本、视角、叙事、历史、现实五个方面剖析小说的另类与先锋性质。

　　时间：追忆中的荒诞表演。小说《鬼子进村》可谓知青题材的"异类"，无论小说的叙事技巧和手法，都有着明显的先锋性质，小说文本从始至终渗透着一股荒诞的意味。最强烈也是最初始的荒诞，便来源于小说的名字——鬼子进村。李洱的小说非常重视其名与实的辩证关系，这恰恰是作者将读者引入荒诞的体验方法之一。小说的题名所突出的怪异和悖理，常常暗示着有难以预料的事件发生。李洱的许多作品，题目本身即是一个悖论，如《饶舌的哑巴》《喑哑的声音》《石榴树上结樱桃》等等，短促而强烈的对立似乎昭示着小说内容的不平常，有效地拉扯着读者的期待神经。更多作品则是通过简洁的题名来预示故事和内容的乖悖特性，题名的包容性强，读者理解的空间便会扩大，结合故事本身，就构成了名与实的对立、紧张。

　　正因如此，《鬼子进村》这一含义乖悖的命名便给予读者一个当头棒喝，预先赋予了读者一种辩证的心理期待，带领读者进入别样的视野。若非读完小说，否则很难将"知青"与"鬼子"联系起来，而这其中所流露出的紧张与矛盾，很大程度上预示着文本的异质性，而题名所显示出的随意与戏谑，也奠定了作品的感情基调。由于名字意义的矛盾在读者头脑中烙下了印迹，可能导致某种先入为主的意识，影响读者从不一样的角度去阅读并评判作品。另一方面，小说标题与内容的关系，其复杂性远远超越了"矛盾和对立"所能涵括的内容，而形成一种结构上的反讽。如果说，小说的文本叙事已经展示出现实的荒诞，这种名实之辩则通过再次的"刺激"而催生人们的荒谬感，培养人们对现实荒诞的关注和认知能力。

当小说通过题名奠定了荒诞的基调之后，则进而通过讲述故事的方式将这一荒诞放大与加深。《鬼子进村》采用了尽量让回忆贴近记忆的叙述方式，当故事以"回忆"的面目示人时，便具有了一种不可回避的神秘感和荒诞感。因为回忆是来源于记忆却又超越记忆的物质，它游离于线性的时间上而具备了最大程度的容量和弹性。它是和人的主观性密切相关的"心理事件"，因为它始终倾向于将记忆引向人们眼下的主观需要，为我们眼下的行为做旁证。小说里诸如这般通过回忆的叙述，将历史与现实、真实与虚构纳入了同一范畴。在李洱的小说系谱中，记忆和回忆始终是一个很重要但同时也非常隐蔽的线索。在《鬼子进村》里，叙述人"我"详尽地回忆了童年在农村见到过的下乡"知识青年"，展现了知青与当地农民们对彼此行为的惊奇以及"我"对他们那掺杂着微妙与复杂的情感态度。可以看出，小说刻意以"回忆录"的方式讲述故事，它的目的之一就是为了尽量向记忆复归。在李洱故意性的唠叨中，那些看起来沉闷的、琐屑的、无聊的、早已尘埃般飘向了记忆储存器边缘的事件得到了呈现。可以说，《鬼子进村》是记忆的全面胜利，作者刻意赋予小说一套"记忆"的外壳，令故事变成了一次幽默的、愉快的、由回忆奔向记忆的朝圣之旅。而在一个带有记忆性质的文本里，"时间"就成为了不可回避的重要内容。在《鬼子进村》里，时间不仅仅作为"时间"而存在，它成为了作者有意而为之的叙述手段。

郭小东教授在《中国现代主义小说：想象中的时间》一文中说道，"小说的时间性，成为现代小说思维和结构和主要对象。它意味着小说不再把时间当作岁月的量词，当作事件展开的过程或人物成长的容器，时间逃遁了时间本身而作为一种艺术方式。"在《鬼子进村》里，"时间"正是"逃遁了时间本身"，时间在此已不仅仅作为背景，而成为了被演绎和阐释的对象和手段。小说的开篇首句是，"我们正在上语文课，用'恍然大悟'一词造句，咣的一声，门被踹开了。"这句话直指当下，而并不含有任何回忆式的痕迹。纵观整篇小说，除了几个并不明显的地方有作者留下的暗示性的话语，透露给读者"这并非当下发生的故事，而是回忆"的讯息，其余均以"现在"的时间来结构小说，因而小说充满了"正在"、"眼下"、"上午"、"那天晚上"等等指示当下的时间词。但由于作者时常跳出故事的叙事视角，又时刻提醒着读者故事的回忆性质。叙述者仿佛是一个记忆力极坏的言说者，无法确切记住事情发生的具体时间，于是大量语焉含糊的时间出现在文体中。"有天"、"这一天"、"那一天"，这些跳跃性极大的时间充斥在开始叙述的事件之前。无论是"这一天"还是"那一天"，时间显得无足轻重，仿佛只是为了展开叙述才不得已而为之的一个标识。这样，现实与回忆，当下与历史交织、融合而又纠缠、矛盾，构成了小说眩晕的时间线索。作者令其讲述的故事，处于一种"正在发生"的状态之中，或者把已经发生的故事，置于"正在"或"可能"的情势当中叙述，显示出来一种"不在场的在场"的存在状态。"时间"在这部小说里，有着非同寻常的意义，它从现实状态中被抽离出来，超越了人们习以为常的物理化的情态，而虚无为一种存在。

论及《鬼子进村》的荒诞性，便会自然地流露出一丝喜剧意味。主要表现在以下几个方面：一是年少的"我"和同伴们略带稚气的行为和言语，例如"我"趁着全村人去接知青的时候，偷偷往校长种的冬瓜里撒尿；一是村里农民们对"鬼子"知青光怪陆离的猜想，例如对"知青是驴"这一言论的争执和解释；一是知青到来后与村民之间的矛盾和冲突，例如漂亮女知青给村子带来的震动。无论是哪一种喜剧效果，都来源于知青和农民这两个群体间的摩擦和碰撞。小说这种喜剧性的叙事效果一方面化解了知青生活的苦难，颠覆了知青叙事的集体话语；另一方面则可以从这种变换不定的事件中，窥见个体的人在特定情境中对自己的无法把握。小说极力展现的，正是特殊年代里这种个体生命对自己命运的失控，显示出一种存在主义的况味，是知青叙事在新的境遇下的发展与变化。

这个转变就是从悲剧向喜剧的转变。纵观李洱的写作，有一个非常鲜明的印象，那就是沉重的轻化表达，一种庄重与谐趣并置的文风。在《鬼子进村》中，有很多让人感到崇高的事物，往往突然显得滑稽、可笑，变得荒唐、嬉皮。因为那些"伟大的"、"崇高的"事物，在现在看来，在与历史和现实的联系中，所带来的却往往是一种悲剧性的结果，而且颇具压迫性，这些"伟大的痛苦"其实无比苍白和空洞。作者对崇高事物的向往也许并没有丝毫减弱，只是多了一份怀疑和清醒，多了一份对悖谬经验的体认。因而小说呈现出的状态不再仅仅是情感的倾诉和喊叫，而是颇具笑料的、热闹的往事回忆。其中几分真、几份假已经不再重要，重要的是通过这个荒诞的故事，对特殊年代里人们生存状态的重新思考，对历史的重新感知和体认。

因此不难看出，充斥在小说文本当中那浓厚的黑色幽默意味。《鬼子进村》从题名到文本本身就是一个充满了黑色幽默的双簧事件。小说的笔调粗糙且生硬，叙事粗浅且直白，它从底层掘出了知青文学畸形的精神资源，以黑色幽默彰显着知青运动的荒诞性。而文本的荒诞性则指涉着一个更为严肃的命题：存在。存在与荒诞从本质上说有一个核心，即无意义。是无意义导致了世界的荒诞性，更是无意义表明了存在的否定性，整个世界与人都在无意义的过程里行走。于是便有了自我追问、自我寻找，有了对责任、义务的意义的寻找。李洱在小说文本黑色幽默的指涉中，把历史与现实、存在与荒诞拉扯了进来。主流知青文学所建构的历史状况不堪一击，但《鬼子进村》看似笑谑和含混的状态中实则充满了自我的反思和追问，作为一种有意识的行为实践而存在。

视角：知青的隐退与农民的浮现。在传统的知青叙事里，农民视角一直处于空白的状态。事实上，知青叙事涉及两类主体，一个是知青，另一个便是农民。知青运动改变了不仅仅是知青的命运，更给农民的生活带来了巨大变化。徐有渔曾在《知青经历和下乡运动——个体经验与集体意识的对话》一文中提到，"在知青所写的回忆和反思文章中，过去的一切，方方面面，都被缅怀、回味、咀嚼，不论是受苦还是受惠，所有的人都尽力表达各方面的酸甜苦辣。但令人吃惊的是，广大农民明明也是上山下乡运动波及到的一方，这场声势浩大的迁移运动也无疑涉及了他们的基本利益，但从来没有文章从农民的角度作评论和检讨。"因而一个完整的历史文本不应该只偏倚一个方面，而忽略另一个方面。传统的知青叙事大都采用了以知青自我的视角来讲述故事，忽略了叙事主体中的另一方。这种单一的视角体现出了极大的局限性，无论是人物形象的塑造，还是表现历史的真实，农民声音的缺乏令知青文学作品对历史的陈述只有一面之辞。

知青是一群特殊的知识分子，作为下乡改造的青年，虽然他们的生活环境远离了喧嚣繁华，远离了充满物质文明和精神冲突的城市，虽然在与农民共同生活劳动的长时间磨合中，身上会不自觉地染上农民的习性，露出一股农民的气息，但他们始终是作为知识青年上山下乡的，因此他们的主体性质仍然是知识分子、是文人。单纯从知青的立场与目光出发去看待农村与农民，还是从农民的角度来看知青，这是两个互为对立的视点。这种对立不仅源于双方身份——城市人和乡下人的差别，更源于知青对于自己身份的体认。他们是知青运动中最不幸的受害者，因而理所应当地认为应该把怨恨和委屈施加于农民的身上。

传统的知青文学作品，基本采用了"红卫兵——知青"的小说叙事模式。这种模式在处理小说中的各种关系上基本依照了一种受伤害的叙事策略，例如知青被损害被歧视、个人不幸的命运遭遇、女知青被玷污等，这种局促的视角令知青文学作品更多地表现一代人的宣泄，而忽略了多重关系中的知青题材内涵。

知青文学并非完全摒弃农民视角，很多作品都从不同层面表现了农村和农民，但知青作家似乎大都站在一个远离的位置对农民和农村进行观望。知青作家晓剑曾在《思想者的"精神贵族"心态》一文中指出，"朱小平的《桑树坪记事》、《桑墟》，韩少功的《回声》，李锐的《厚土》等知青作家的文学作品，表现的主要对象虽说是农民或农村，但分明不同于出生于农村的作家笔下的农民，不论是景仰还是怜悯，讴歌还是批判，知青作家都与他们描写的对象之间存在着一定的距离感，是这层距离感让人们感到知青作家不是在写与他们血脉相连的父老乡亲兄弟和故乡热土，而是写知青眼中的农民和农村，体现出这一带人对中国农民和农村的沟通和理解。"这类作品中的农村作为知青运动发生的背景地，而农民则作为知青生活的陪衬而存在，知青始终与农民保持着距离，缺乏一丝古朴的真诚。

《鬼子进村》则完全颠覆了知青对乡村表述的霸权话语，它以农民的视角将知青年代一个普通的故事重新编码，粗朴却真实。在村民的眼中和口中，这些来自陌生城市的带着优越感的青年不过是一些来添乱的人。农民视角下的知青不再是受害者，更不是英雄，而是一群游手好闲的家伙。知青的形象骤然间变了模样，从英雄少年跌落到了土匪和妖精。小说以"我"童年时的立场和眼光，从一个奇特的角度透视知青进村的这段历史。作者基本否定了以往主流知青文学中对知青人格的塑造，而是以简单的"鬼子"相喻。因而那段历史便反射出了不一样的面貌：对枋口村民而言，那并不是充满诗意的美好回忆，而是一个始终无法躲避的噩梦。在小说中，时常出现"我"的意识独白，被莫名其妙的恐惧和害怕所占据。无缘由的恐惧似乎昭示着知青进村所带来的后果，也暗示着一股宿命论的哀伤。

　　小说一开篇就围绕一个矛盾而展开：到底是谁说出了"知青是驴"的话。而村支书那一段关于"知青和驴"的论述则基本道出了农民对知青的态度："知青来咱们村干什么？是来接受再教育的。伟大领袖和导师毛主席说了，农村是个广阔的天地，在这里是可以大有作为的。什么叫接受再教育？就是说，他们是驴，已经调教过了，可是没有调教好，需要我们再来调教调教。"农民以独特的视角重新解读了"知识青年上山下乡"的伟大号召，英雄主义的崇高与歌颂已经荡然无存，取而代之的是一份掺杂着粗言秽语和插科打诨的不屑。整部小说便延续着这样的感情基调，在这里，知青被当作"没调教好的驴"来接受贫下中农的再教育，他们是长着小胡子的"鬼子"，经常偷鸡摸狗，完全丧失了理想主义的光环。

很多知青文学作品都意在展现知青和农民之间的矛盾和融合，但它们大都着眼于知青优于农民、为农村带来变化的方面。与农民的朴实和真诚相比，知青在其面前有着巨大的心理优势，彰显出双方交往的不平等。他们尽管品行不端却仍是优于农民的城里人，作为"落难的公子"出现，尽管备受苦难却终归被感知和化解。但李洱在《鬼子进村》中所探讨的知青和农民的关系则复杂得多。一方面，新的叙事视角从农民的角度表现了农民对城市文明的渴望与期盼。小说中，枋口村的农民虽然从各种传说中对知青的所作所为早有耳闻，但是当得知知青即将到来的时候，仍旧激动不已。"我"所在学校的老师忙着写标语，学生忙着练习口号，"我"父亲天不亮就在院子里练习敲锣的技艺，全村俨然沉浸在一片节日的氛围中。知青上山下乡运动，从客观上来说是一次城市文明与农村文明的交融，是不同的思想观念、价值观念、生存观念、生活观念的巨大碰撞。正如知青电影《巴尔扎克与小裁缝》所展现的一样，知青给闭塞的乡村带来了现代文明，激发了农民潜意识里的对城市文明的渴望。

而另一方面，与此相对立的，知青却并未担负起农民的这份期盼和渴望。小说的第二部分"济水桥"讲述了知青们来枋口村修桥，修桥的过程中遇到了事故，知青丁奎不幸身亡。这样的故事倘若放在传统的知青叙事里，定会被渲染得无比宏大和激情，充满英雄主义和理想主义的色彩。而在李洱的讲述里，故事却充满了喜感与荒诞。首先，对于修桥的目的——"人们需要一座桥，碰巧知青们来了，那就让他们修桥吧"；其次，对于修桥后的猜测，"桥修成，那些知青们也就快滚蛋了，不要担心他们会长期落户"；接着，对于事故的原因，"他们的胆儿并不大，竟然怕水，这方面他们还不如一条狗"；最后，对于事故的结果，知青丁奎并没有成为英雄，他的唯一贡献是令"丁奎"这个名字成了枋口村的一个专用名词，用来指代那些客死于枋口村的人。小说将一个本应该被宏大化的事件刻意拆解和戏谑，展现的是农民眼里知青们的面目——无知的"土匪和妖精"。

　　同样，本应该属于知青的那份优越感，在这里却移植在了农民的身上。小说的主人公"我"感到跟知青解释一下什么叫大粪是很有必要的，免得他们日后出丑，于是"我"便用动作来演绎这个过程。小说在这里描写到，"我做这番动作的时候，突然获得了一种优越感，一种由于知道'大粪即人屎'而生长起来的文化优越感。这种感觉使我非常舒服。"通过年幼的"我"的充满戏谑和荒诞的叙述，原本根深蒂固的知青和农民之间的关系被倒转了过来。知青的优越感荡然无存，农民在知青面前反而显得更加优越，这样的比对在小说中比比皆是。

　　小说由于叙事技巧的变革，必然带来形式的陌生化，并可以此唤起读者对于习以为常的事物的警觉。李洱认为，"小说的叙事技术，之所以要不断变革，就是因为小说必须建立与世界的对话关系"。由于《鬼子进村》不再是亲历的叙述，叙述者身份的转移令作家退出了叙述现场，而作为一个客观的旁观者分析主导叙述内容。因此小说以一种陌生感去叙述一个人们并不陌生的历史事件，更深刻地揭示了其中的矛盾与紧张。《鬼子进村》中反复描述的，就是知青和农民之间的紧张关系。这种关系看似由个体引发，其实却是一种历史裂缝。这种裂缝既是当初的开端，更是仍在延续着的结局。显然，在李洱的《鬼子进村》里，知青是乡村的入侵者，是造成混乱的根源。上山下乡运动的最终受害者不是知青，而是农民。李洱的这则故事对理想主义的青春赞颂没有丝毫兴趣，他更乐于去表达一种掺杂着怒其不争和冷眼旁观的复杂体验。这种体验，因其独特，而更彰显个性和新鲜感，也因其真实，而更令人思索和痛彻肺腑。

《鬼子进村》把对农民和知青关系的描述推到了极致，充满了反讽的意味。就表达主体即作者的立场而言，反讽的必要条件是超越，这种超越中包括了游戏、审视、观望等态度，这正是李洱在《鬼子进村》中贯穿始终的态度。小说在这个基础上所勾画出的知青与农民的状态，完全颠覆了传统知青叙事话语。但小说的这种表达并不意味着，说相反的话语就更真实。知青或乡民的感受两者都是真实的，但它戳穿了一个霸权话语的自我证实。在一个多声部的历史叙述中，真实并不是唯一的，也并不总是"兼听则明"，事实上人们常常对它的嘈杂和相互竞争感到困惑和不习惯。

在小说《鬼子进村》中，知青视角隐退，农民视角浮现，这种新的叙事视角大大拓展了知青文学的表现空间，增加了文学形象的丰富蕴含。叙述视角的改变带来的正是对英雄主义的无情奚落与解构。与传统知青文学中英雄主人公的慷慨悲歌、至死不渝不同的是，"后知青"文学中的主人公却是由英雄走向末路。反观20世纪90年代之前的知青文学所表达的昂扬的理想主义和英雄主义，如今已被更逼近真实的情境所代替。历史的谬误和苦难正被悄悄地遮蔽和消解，那些虚假的、因时空断裂而造成的悲壮的英雄主题，正被事实上的完整的历史发展进程所取代。而被遮蔽的所谓真实的历史进程，却充满了佯谬与悖论，以更为先锋、更为荒诞的姿态书写自我。

正是基于这种视角的转移，令读者对小说的人物有了不一样的感知和确立。小说"呈现"而不是"塑造"了一个个人物，是"捕捉"、"传达"而不是"描绘"、"刻画"了一个个场景、细节。李洱以农民的视角讲述故事，因而呈现出的是质朴而非刻意，是粗俗而非精致，是赤裸裸的呈现而非精雕细刻的塑造。小说传达出的是一个乡土味儿极其厚重的历史事件，而不是一个城市知青眼里充满青春无悔的乡村往事。同样，农民视角也带来了小说语言上的变化。当代表官方与权威的话语特征渗透到那个年代人们生活的方方面面时，偏远村落里的农民却可以对其暂时逃离。例如小说中谈及"口号"时，把"反对知识青年下乡就是反对文化大革命"这句口号拆成了三段来念，变成了"反对知识青年下乡！就是！反对文化大革命！"本末倒置的语言完全拆解了原意，是对当时话语霸权的嘲笑和奚落。

叙事：后现代主义的"饶舌"。如果说《鬼子进村》的叙述视角是从知青向农民的转移，那么担当这个农民叙述者的则是集两种身份于一体的"我"。在小说中，李洱运用了一种非常特殊的叙事策略。作者将故事的主人公、叙述者以及聚焦者假定为自己，于是，在对往事的追忆中，成年的李洱摇身一变成了小说中的顽童叙述者"我"，而这个"我"的身上又不时地暴露出另一个声音——成年的"我"。在两个声音、两种视角的纵横交织下，一切感觉和认知仿佛被无限的模糊和放大，读者跟随着作者在叙述的迷宫里几经周折，对真实的把握从无到有、从有到无。通过两个"我"的叙述，作者逐渐确立了一种远离时间、远离事实的叙述状态。《鬼子进村》叙述的正是一个荒谬时代的荒谬故事，只有叙述者"我"站在时间之后反观这段历史时才能体验到这种荒谬感。

如果将《鬼子进村》的叙事策略简而言之，那么便是成年后的叙述者"我"讲述童年的被叙述者"我"在一个特殊年代的所见所闻所历。正是源于叙述者"我"与被叙者"我"的时空距离，小说的讲述获得了更高的视域，并赢得了对被叙者"我"的故事加以评说的权力。这样，成年的"我"可以居高临下地俯视自己的记忆；当成年的"我"以现时的洞察力反观童年的"我"时，成年的"我"的故事就有了回忆的性质。小说在游走于两个叙事者的同时，自然而然地打开了叙事空间。如果说记忆是偏向真实的，那么回忆就有了虚构的成分，小说在记忆与回忆之间找到了叙事的空间。《鬼子进村》在很大的程度上，正是利用了回忆和记忆之间的矛盾关系，为小说空间和小说叙事营造了一种恬淡的、诡秘的、含混的、不确定的氛围。童年"我"的天真无畏和成年"我"的冷静遥远，让故事在记忆与回忆组成的互相纠缠的矛盾中，推动叙事向前发展，并为小说形成某种虚幻的、充满雾气的氛围；也由此显透了生活的某种真实：不要轻易相信回忆。作者仿佛时刻提醒着读者，不要无条件地相信小说对生活事件的价值赋予，不要盲目地相信历史，要对虚构抱以一定的谨慎。

一方面，在童年的"我"的叙述中，一切都充满了新鲜的色彩，儿时的所见所闻所感不掺杂任何理性思考的成分，显得杂乱却真挚。那时的"我"根本弄不清为何自己先接到知青却反而遭到父亲的一顿毒打，也不明白乔凡新老师身上为何会有伤痕，最后又为何被莫名其妙地调走，所有这些在成人眼里比较清楚的事情，却因为小说中儿童叙事视角的采用，具备了一层神秘感和陌生感。对于知青，对于那场声势浩大的运动，在"我"的眼里则是一场无关紧要的游戏。

另一方面，作者在运用儿童视角时也时常不忘显示出叙述者"我"的成人身份。儿时的"我"充满天真和无知的童趣，把生活当成了游戏；成年的"我"却能从本质上把握生活，小说叙述的张力就在叙述者与故事的距离之间产生。比如当叙述到儿时的

"我"因被乔老师责罚而不能参加迎接知青的仪式时,那时的"我"无所事事,丝毫不感觉好笑,但在成人"我"的叙述中,这件事情便带有了一定的感情色彩。

成年叙事者的"我"和童年的"我"在小说中互相牵扯、互通声气,从小说的开篇就显示出来了,表现在解释用"鬼子"和"驴"代表知青由来的时候。作为小孩子的"我"对听到、看到的一切都感到趣味无穷,所以他向读者的"报告"就充满了孩子似的童真与激情,丝毫没有理性的规矩与修饰。当叙事人把自己的成人眼光附着在他的身上时,叙事则显示出不同的态势:一方面使他的讲述更为周详和清楚,另一方面,他也为当年自己的那种饶有兴味打上了引号,叙事人在对自己小时候的兴致勃勃表示留念的同时,也有了索然的感觉。把知青称为"鬼子"对童年的"我"来说只是一种热闹,而成年的"我"却能体会到这个称呼所携带的辛酸和否定意味。两种视角的交缠转换,把一个特殊年代的特殊心酸和讽刺演绎得淋漓尽致,这样的典型场景在小说中非常多。

在小说的第一部分"仪式"中,作者写道:"现在到了这篇小说'仪式'这一章比较有意思的部分。我说它有意思,主要是说这一段故事比较滑稽。滑稽必定可笑,可我当时却觉得一点也不可笑。事实上,我当时还因它的有意思而受了一点皮肉之苦。这么说吧,正是所受的皮肉之苦,使我加深了对这段故事的记忆。"成年的"我"通过理性的审视过滤了童年的"我"的生活。

作者对这段故事进行了特别的说明，专门指出"比较有意思的部分"。这为对接下来知青生活的讲述奠定了基调：无谓的光阴和无谓的牺牲。在作者刻意的表述下，显得更加荒诞而真实。

"当时发生了一件小事，我不妨顺便提一下。付连战话音一落，就有一个人从教室的后门跑了出去。那个人就是写这篇小说的李洱。我在大家的欢叫声中，跑出教室，直奔乒乓球台。"这第一个我和写这篇小说的李洱是同一个人，都是此刻正在讲述我的童年故事的叙述者"我"，我同时还是《鬼子进村》这篇小说的作者，是自觉的叙述者；第二个我是被叙者我，是自觉的叙述者叙述中的"我"，是天真、淘气、幼稚的童年的"我"，是从教室后门跑了出去的那个人。当成年的"我"以毋庸置疑的语气说起当时发生了一件小事时，"我"对自己的记忆是充满自信的，他相信这件小事的确发生过，可是叙述者"我"语气一转，说那个人就是写这篇小说的李洱时，事情就有了微妙的变化。小说一词，使叙述者"我"讲述的故事充满了虚构的气息，就是这个词的出现却对叙述者我的记忆表现出足够的信任；真实与虚构和谐地融合在一起，关键就在于叙述者"我"与自觉的叙述者身份的重合。

每当成年"我"和童年"我"的声音相遇时，便会流露出一丝特别的情绪——包含着忧郁、恐惧、无奈的情绪，完全不同于儿时的欢愉和成年时的冷静。小说总是在描述"我"儿时的幼稚行径之后，以一种脱离故事之外的口吻道出感受，那是一种莫名其妙的害怕和恐惧。"对未知事物的猜测，使我显得更加孤单。我坐在河岸边，望着河面，突然有点莫名其妙的害怕。那时候已到正午，在正午的旷野里，一个孩子莫名其妙的恐惧，我现在想起来，还是那么真切。"这种时常出现的恐惧与哀伤并非来自当年的那个孩子，而是来自成年的我将自己的目光投射在回忆里的时候。在这里，知青的到来并非只是一场热闹的"游戏"，他们为何而来，又为何而去，带来了什么，又留下了什么，这些看似简单的问题却困扰着作者，也困扰着很多人，尽显荒诞。

　　小说中，叙述者是两个"我"，他们相辅相成，共同构成了小说"饶舌"的叙事策略。在"我"的讲述中，用了小学生"我"的视角：小孩子观望知青和他们的生活，看村民们如何看待知青，并观望知青和村民生活都紧密相关的时势。在这个小孩子"我"的身上，始终附着一个成年的"我"，但这个"我"又为此时的作者所掌控。因而，小男孩在说出他所看到的一切时，他的叙述方式经过了成年的"我"的归纳、整理和补充，因而就会带给人一种"饶舌"之感：小孩子的"我"不说的时候，成年的"我"也在代替他说，对他的话进行加工、提示和补白。如果说当年的小男孩和今天的叙事者这两个声音是合为一体的，也可以说是成年的"我"把目光投向当年时，本来是要附着在小孩身上去看当年，结果却是成年的"我"带着年幼的"我"去看了。

　　小说中隐藏着很多这样的典型例子：比如，小学生的"我"一听到老师说不用上课，就奔出教室像往常课间一样去抢占乒乓球台子，而后小说迅速转入到另一种叙述声音，"我"坐在球台上有点害怕，这一段原本应该是客观描写，却有成年的"我"的声音掺入："别以为我是害怕球台倒塌砸伤自己，那没有什么可怕的，我相信在它倒掉的那一刹那，我会像一只鸟那样突然飞离"，本应该是听主人公讲述自己的感受，却变成了"我"在回忆中进行分析，客观的表现从而变得有了强烈的主观色彩。又比如，在小说的第三部分"地震"中，当地震的传言将要出现时，作为小孩子的"我"有一段关于"众多的奇迹"的论述，最后以一句这样的话作为总结："不敢再往深处想了，一想头皮就发麻。"这个总结看似的确像是小孩的感觉，也和当时其他人的感觉相吻合，但它更是此时作为成年人的"我"在叙事过程中即兴的"雅谑"，自然也是作者的幽默。

《鬼子进村》这种双声交错的叙事就仿佛一场"饶舌"，两个声音交替存在，互相补充。而这种"饶舌"在小说中并不仅仅是为了表现杂乱，更多的是表现了一种沉默。作者尽管游离穿插在两个"我"的视角叙述故事，却常常力不从心，难以说清道明事实的真相。维特根斯坦在《逻辑哲学论》中说过，"凡是不可说的东西，必须对之沉默。"那么便可以把作者无力诉说的东西理解为一种"不可言说"，当小说在童年的"我"的叙述里结束的时候，并未留下一丝一毫立场鲜明的判断。最终，"我"见证了知青"普希金"被审判的全过程，并得到了一副裸体扑克。小说的结尾写道："我拿着扑克向他走了过去，因为我把他的滑稽动作看成了对我的召唤。"知青与农民间的矛盾与争斗并非作者"饶舌"的目的，而那份始终无法逃遁的荒诞感才是作者表达的目的所在。历史的真相是无法言说的，无论是农民的苦难还是知青的苦难，都是无法言说的。

历史：悖谬的真实。李洱在《鬼子进村》里倾注了自己对历史的态度和认知，表现在文本中，则是对历史的虚构与真实的悖谬体验。这来源于对主流知青文学意识形态的改变与颠覆，以及小说对苦难的另类表述。

一方面，《鬼子进村》彻底改变了主流知青文学俯视知青运动的态势。主流知青文学的意识形态背景，作为一个长期压迫读者阅读习惯的文学神话而存在。《鬼子进村》恰恰完成了对这个神话的破解，它提供了另一条更为接近现实的途径。小说那看似模糊不清和暧昧不明的叙事线索，其实是更加深刻地对中国知青运动的再度审视，是独特视角下放大化的历史。《鬼子进村》来源于一个人的记忆，而个人化的记忆何以表述历史？20 世纪 80 年代的知青文学过于强大，同时也过分相似。李洱的《鬼子进村》之所以能称之为另类书写，是与之前的文学状况相比较而言——一种强大的、固定的集体记忆。《鬼子进村》正是以个人追忆的方式，去表达国家、民族、群体的集体活动。因此，《鬼子进村》并非历史的叙述，而是当下对历史的叙述；并非童年的"我"的叙述，而是当下的"我"面对曾经往事的叙述；并非对一种集体记忆的历史再现，而是对集体记忆的个人性追忆。

在小说文本中，李洱常常使用"互文"的方法将历史与现实、空间与时间联系起来。"互文"一直是李洱在小说中经常使用的叙事技巧之一，他在小说中经常引用的文本类型包括：古典或现代诗词、小说、哲学论文、历史人物的言论、时尚杂志的专栏文章、新闻报道、广告、戏剧、宗教语录、神话传说等等，范围之广，几乎将各类文化文本一网打尽。有时作者是直接引用，有时则是化用，这些文本在上下文中的功能也不尽相同。总的来说，这些被引用的文本与故事的进展无关，叙事的目的性也不十分清晰，作者往往是随手摘引，随意穿插，似乎并没有什么明确的意图。引用的信息对叙事不构成说明或补充，不是意义的延伸或深化，甚至也不是为了强化叙事氛围。李洱的潜在意图是，在他笔下的不同人物，不同时期的文本，各种典籍、出版物、文化史上的言论之间建立起一种全面的对话关系。这种关系的确立，不仅避免了"作者的声音"所可能产生的观念上的褊狭和局限，同时也增加了叙事的历史纵深感，让"现实场景"与"历史话语"互通声气。文学文本和文化文本相互开放与相互摄纳，所造成的小说戏谑和戏拟的戏剧性效果，具有强烈的怀疑与批判意味。

在《鬼子进村》中，小说中描写"我"在岸边等待即将到来的知青，其中插入了这样一段话，"关于他们上岸的情景，关于我和他们相遇时的情景，可以写成一部书，像克罗德西蒙受普桑的绘画作品启发写成的《双目失明的奥利翁》那样的一部书。"李洱将知青上岸的情景比喻成了普桑的绘画，这宛如绘画般的一幕无论在童年的"我"还是成年的"我"的脑海中，都留下了不可磨灭的印记。这是知青们进入枋口村的第一刻，是一个孩子对这个未知群体的第一印象。而作者此时以桑普的绘画和西蒙的小说作为穿插，给了这段历史一个纵向的比对和深化。克罗德西蒙的小说《双目失明的奥利翁》涉及历史上的人类多重形式的磨难，讲述了希腊神话中四处漫游的瞎子巨人奥利翁的故事。他作为人类在历史长河中瞎摸乱撞的形象出现，奥利翁以双目直视初升的太阳来逐渐恢复视力，比喻人类甘愿忍受不幸，以此来获取一线希望。下放到枋口村的知青以流亡的姿态进入农村，这段饱含心酸和无奈的历史在作者的"互文"策略下被渐次加深。

　　另一方面，《鬼子进村》以独特的视角和叙事方式，表达了知青运动的苦难本质。知青文学对苦难的历史态度和分析，一直在被消解和臧否的。郭小东教授在《知青文学状态》一文中曾说过，"我们无足轻重地将之作为人类生活进程中一个小的必然的插曲，而漠视了它在人类生存和文明演进中的断裂性灾难。"传统知青文学以慷慨激昂和青春无悔遮掩了知青运动的灾难本质：它扼杀了中国几代人对生命的热爱与尊重，消磨了几代人对光明的向往与追求，它是一场文化灭绝意义上的灾难。《鬼子进村》以回忆式的近乎琐碎、叨唠的叙事，为苦难的宣泄打开了一个突破口：在以"我"为代表的枋口村民眼里，"鬼子"知青是农村的入侵者，他们不但愚昧无知，还无情的蚕食着农村的物质和文化，他们的到来打破了原有的平衡状态——这场运动不仅是知青的苦难，更是农民和农村文明的灾难。《鬼子进村》以另类的方式剥离出了知青运动的灾难本质，这本身就显示出了极大的勇气。它并非撕心裂肺的喊叫或饱含心酸的控诉，而是在戏谑与笑闹中说述灾难。

后知青文学作品从一个全新的角度打开了重新审视历史的重要一环：以贬斥代替赞誉，例如刘醒龙的中篇小说《大树还小》。通过对知青这种敌视甚至批判的态度，人们或许开始重新思考知青运动和知青身份的认知。他们是否真的如同文学文本中描绘的那般崇高，他们所受到的反复颂扬是否掩盖了其真实身份，他们是否认清了自己同农村、农民之间的历史关系？与刘醒龙《大树还小》立场如此鲜明，如此尖刻、严肃地鞭挞与否定知青身份不同，李洱的《鬼子进村》虽然尽显对传统的奚落与嘲弄，但始终未抛出一个鲜明、客观的立场。他并非法官式的评判一切，而是在嬉笑怒骂间留下了无数种可能与猜测，他更没有坚决彻底地站在农民立场上去批判知青，而是以飘忽不定、模糊不清的"回忆"去重构历史。

《鬼子进村》在某种程度上，提供了一个全新的视角去窥探历史的真相。它捕捉到了一些被忽略的历史细节，有助于人们更清楚地看出历史所设置的政治与人性关系。

可以说，《鬼子进村》在历史叙事的框架下完成了"反历史"的叙事。李洱认为，"小说家的一个重要工作，就是对已有的经验进行重新审视"，"我们需要不断地重新讲述这段历史，不断地重回历史现场，不断地重新审视已有经验"，"应该有一种小说，能够重建小说与现实的联系，在小说内部，应该充满各种对话关系，它是对个人经验的质疑，也是对个人经验的颂赞。它能够在内在经验与复杂现实之间，建立起有效的联系"。《鬼子进村》则是重建小说与现实的范例，它以历史的讲述结构故事，却以"反历史"的叙事表达现实。作者让已有的一切言说在文本中发出自己的声音，任何一种都得到重视，但没有哪一个受到叙事的特别青睐。对宏大叙事的"怀疑"效果，不过是来自于文本还原了正史言说的正常位置，文本的叙事既不取消也不反对正史言说，只是剥夺了它的特权、霸权。

　　"文革"是一段充斥着狂热与狂暴的岁月，人们的英雄崇拜情结空前高涨，不顾一切地投入到狂热的洪流之中。而作为这场狂热运动不可或缺部分的知青族群，在热情陡然退却的今天，猛然发现原来振臂一呼的英雄成了独孤者，成就英雄的梦想原本不过是一个荒唐而已。对于那个特殊年代的历史表达，应该也必须表现出真诚的勇气。因而作者的终极目的并不是描摹一个如何"真实"的历史，或否定一个如何"虚构"的历史，而是在真实与虚构之间搭起一座桥梁，唤起人们心底正视历史的勇气，同时也激起了人们对于荒诞性与悖谬性的认知。恰恰是因为"文革"岁月的非理性特质，它才更适合以一种另类的表述来传达。

　　在小说中，读者从来不会就某个问题或现象得到一个明确的答案或看到一种明确的态度。所以，揭示真相，只是最显见的一层意图。文本叙事所突出的是叙事人的寻找、发现和"重新审视"

的行为本身，这与其说是揭示真相，不如说是力图改变读者的常识和对待历史的态度。《鬼子进村》改变了读者关于知青与历史的常识，作者通过种种叙事手段促使我们改变的还有：关于知识和知识分子的常识，关于英雄和传奇的常识，关于作家和写作的常识。比改变常识更大的作为或更高的目标是唤醒、培育读者的"荒谬感"。小说不动声色地凸显着历史的荒诞性，让我们在容易忘却和视而不见的地方驻足，甚至有意激起我们的难堪，在我们因屈从于惯性而致愚钝的神经上敲打，迫使我们接受灌输转向独立思考。

李洱在接受《新京报》记者采访时曾说过，"历史是现实的一部分，现实也是历史的一部分。既没有非历史的现实，也没有非现实的历史。"《鬼子进村》表达的正是这样一种悖谬性的经验：历史与现实、真实与虚构之间的悖谬。这种悖谬性的体验，不仅仅是对事物荒诞性的认知。虽然这种悖谬性经验的呈现，容易给人以虚无之感，但虚无也有着积极的意义。历史得以承续人类得以存在的意义，正在于穿透虚无，这才是一种真正的存在的勇气。

如果说传统知青文学对"文革"的控诉，表达了对造成知青悲剧命运的外部社会因素的质疑与批判，那么后知青文学则把视点转向了自身，从挖掘自身的心理机制开始，将反思推进到了自我的精神的内部。《鬼子进村》突破了停留于社会控诉的表层，而将知青题材置于更深层的人性存在的领域，去剖析人类所共有的某种体验和困境。

　　综上，《鬼子进村》是对主流文学传统全方位的颠覆，更是对知青文学乌托邦想象无情的奚落。它的后现代状况，显示出一种明显且强劲的反叛精神，这不仅表现在对知青文学题材内容的吸纳上，同时也表现在形式的探索中。李洱的《鬼子进村》所流露出的，是我们在主流知青文学中无法领略和感受的样貌和精神。作者在文本中所做出的努力与期待，逐渐成为挑战主流知青文学，并企图取替之的一种叙述方式。它必定更接近现实，也更加逼近文学自身。

参 考 文 献

[1] 郭小东. 想象中的时间[M]. 广州:广东人民出版社,2009.12.

[2] 魏天真. 求真的愉悦——我读李洱[M]. 武汉:武汉大学出版社,2007.12.

[3] 刘恪. 先锋小说技巧讲堂[M]. 天津:百花文艺出版社,2007,8.

[4] 徐有渔. 知青经历和下乡运动——个体经验与集体意识的对话[J]. 北京文学,1998(6).

[5] 李建国. "后知青文学"的多元叙事状态[J]. 理论学刊,2006(4).